世界少年经典文学丛书

天方夜谭

朱生豪　编译

中国出版集团　现代出版社

图书在版编目(CIP)数据

天方夜谭 / 朱生豪编译. —北京 ：现代出版社，2013.2 （2025.1重印）
ISBN 978-7-5143-1312-3

Ⅰ. ①天… Ⅱ. ①朱… Ⅲ. ①民间故事-作品集-阿拉伯半岛地区
Ⅳ. ①I371.73

中国版本图书馆 CIP 数据核字（2013）第 021863 号

作　　者　朱生豪
责任编辑　刘春荣
出版发行　现代出版社
通讯地址　北京市安定门外安华里 504 号
邮政编码　100011
电　　话　010-64267325　64245264(传真)
网　　址　www.xdcbs.com
电子邮箱　xiandai@cnpitc.com.cn
印　　刷　三河市嵩川印刷有限公司
开　　本　700mm×1000mm　1/16
印　　张　9
版　　次　2013 年 2 月第 1 版　2025年 1 月第 4 次印刷
书　　号　ISBN 978-7-5143-1312-3
定　　价　39.80 元

序　言

孩子是未来的希望，是父母心中的天使，是充满快乐的精灵。小学阶段更是孩子最快乐的时光，是孩子成长发育的黄金阶段。为了让孩子学习更多的课外知识，享受更加丰富的学习乐趣，我们策划了本丛书！

从小让孩子多读课外书，对培养孩子健康的心态和正确的人生观无疑将起着非常重要的作用。自《语文课程标准》公布以来，不少富有敬业精神、有才干的教师，在他们的教学中，担当起阅读教育的重担。他们在严谨的选材中，利用丰富的文学资源，向学生推荐了大量优秀的课外读物，实施了以“练成阅读和作文的熟练技能”为重要内容的阅读教育。大千世界充满了丰富的知识。阅读能丰富小学生的语文知识，增强阅读能力，提高写作水平，开阔视野，增长智慧。阅读本丛书，能够使孩子享受到阅读的快乐，激发起更浓厚的阅读兴趣，孩子的生活将充满新的活力与幸福！本丛书精选了世界名著和中国经典书目中流传最广、影响最大、最脍炙人口的作品，是培养小学生理解能力、记忆能力、创造能力的最佳课外读物。

最后需要指出的是，本丛书把世界上流传甚广的经典童话、寓言等也尽收其中，并将这些文学作品重新编写审订，使作品在不影响原著的基础上更适合少年儿童阅读，在丰富他们课余生活的同时提高语言和文字表达能力。本丛书通过科学简明的体例、丰富精美的图片等有机结合，使小读者不仅能直观地领略作品的精髓，而且还能获得更为广阔的文化视野和愉快体验。希望本丛书能成为孩子生活的一缕阳光照亮孩子前进的道路，能成为一丝雨露滋润孩子纯净的心灵。

编　者

序 言

目　录

山鲁亚尔兄弟与妖魔、美女的故事

传说在古印度、中国交界处的群岛上，有一个萨桑国。国王辞世之后，留下两个儿子。他们都是英勇的骑士。大儿子比小儿子更加骁勇善战。最终，哥哥继承了王位，称山鲁亚尔国王。新国王治国有方，博得了国民的一致拥戴。弟弟沙宰曼被封为巴比伦撒马尔罕国的国王。兄弟二人在各自的国家中治理国家；百姓们安居乐业，幸福无比。不知不觉过了20年。

有一天，为兄的山鲁亚尔国王思念起弟弟来，于是他和宰相商议拜访弟弟之事。宰相提议送信请弟弟前来。国王采取了宰相的建议，派宰相前去，携带书信及早已备好的丰厚礼物。宰相在第四天的清晨辞别国王出发了。临行前，山鲁亚尔国王叮嘱宰相必须精神饱满地前往，并要尽早地见到弟弟。

宰相一行不分昼夜一路往前。途中每每途径他们的附属国，都会受到热情接待。经过多天的长途跋涉，宰相终于到达沙宰曼的王宫。通报之后，一位高官把宰相引到国王跟前。宰相看到国王，吻了他两手之间的地面并祝国王万寿无疆，接着说出自己前来的缘由。在接受完本国诸位高官贵族的祝贺后，宰相才讲出他的山鲁亚尔国王对国王十分思念，并期望国王可以前往，接着呈上信件。

沙宰曼从宰相手里拿过信并看了起来。信里山鲁亚尔十分含蓄表达了自己对弟弟的爱意和热忱见面的心愿，“我盼望心爱的弟弟可以前来与我见上一面。我已经吩咐宰相带人前去贵国，并为行程做好了准备，期望心爱的弟弟能够费心前来看我。我唯一的心愿便是临死之前能与你再见一面。如果你不能前来，我一定会承受不住这一打击的。最后，愿你一切顺利！"

沙宰曼看完信后答应了一声："遵命！"于是就打点行装准备起程。委任他的宰相在他外出期间代理国政，然后动身前往其兄的王国。

出宫不远，半夜里他想起有件要紧的东西未带，便回宫去取。然而，他却看到了他的妻子正躺在他的床上与一个黑奴拥抱交欢。他拔出短刀，把奸夫、淫妇双双杀死在床上。没有惊醒任何人，便从王宫离开返回营地，吩咐随从列队，立刻上路。然而，在路上，刚才看到的一幕令他无比伤心。想着妻子对自己的不忠，喃喃自语："她怎么可以这么待我？怎么可以自寻死路呢？"沙宰曼愈想愈难过，悲痛欲绝，身体也愈来愈虚弱，脸色渐渐变黄，得了一场大病。宰相也只好停下来竭力安慰病人。

沙宰曼国王一行走到了王兄的京城。王兄山鲁亚尔闻知弟弟的到来，亲自出宫迎接，彼此寒暄，十分高兴；又下令全城张灯结彩，款待弟弟。不久，哥哥便发觉弟弟面色不好，问他发生了什么事情。弟弟极力掩饰，回答道："哥哥，我没什么，只是路途疲惫，有些水土不服而已！虽然一路非常疲惫，但是感谢安拉让我们兄弟二人再次见面！"山鲁亚尔也以为那是由于他离开了自己的王国，有些思乡的缘故，就随他去，没有过问。

又过了些日子。有一天，哥哥还是关心地问弟弟道："弟弟！我怎么看你有些面黄肌瘦啊?!"

弟弟对他说："哥哥，我有心病啊！"

但是他并没有把自己见到妻子干的丑事告诉哥哥。

山鲁亚尔急忙叫来御医为弟弟医病。然而，一个月的时间过去了，御医的药方根本难以治愈内心深处的痛苦；他仍然一天天地瘦下去。

一天，哥哥对他说："我想让你陪我去打一场猎，也许你会开心一点！"然而沙宰曼不肯奉陪，继续留在宫殿里修养身心。王宫里有不少窗户俯临御花园。第二天清晨，待山鲁亚尔到外面去打猎以后，沙宰曼便凭窗眺望御花园的美丽风景。

突然，他见到宫门打开，从门里走出了20个宫女、20个奴仆，在一群仆人的前簇后拥下，他嫂子——王后也千娇百媚、艳丽无比地从一个看守严密的房间中走了出来。王后是那样漂亮、温柔，真是太完美了。只见王后一行人走到一个喷水池边，全都脱光了衣服，坐在了一起。她们嬉耍游玩，十个宫女和十个男仆刚好两两成双，于是只剩下王后单独一人。只见王后召唤道："来呀，萨伊德，到我身旁来吧！"

于是，一个黑奴从一棵大树上跳下来，大胆地走到王后跟前，一把搂住王后的脖子，同她交欢。王后热情地配合着。两人牢牢缠在一起，如同纽扣扣到扣眼里；其他的奴仆同宫女们也是一样：又是亲吻，又是拥抱，又是交欢……直到天黑。沙宰曼见到此情此景，不禁心里想："凭真主起誓，我的灾难要比这种灾难轻多了！哥哥是一位高尚的国王，但却遭到这样的奇耻大辱！他的妻子喜欢上了最龌龊的黑奴。"他的郁闷、苦恼竟为之一扫，于是他开始又吃又喝，什么也不在意了。

吃晚饭时，沙宰曼的胃口出奇的好。那天晚上，他度过了一个心情非常愉快的夜晚，几个月来他第一回睡得如此香甜。他的身体也逐渐恢复了健康。

哥哥山鲁亚尔打猎归来，兄弟俩相见之后，哥哥看到沙宰曼身体好了很多，重又红光满面，不由得感到奇怪，便问："弟弟，看到你恢复正常了，我非常高兴！你是怎么在短短十天的时间里恢复健康的？告诉我，你这是怎么回事？"

然而弟弟却再三推辞，最终无果。

于是兄弟二人并排着骑马进城，到达王宫，用餐之后，山鲁亚尔还是对弟弟的病情不解，继续追问道："我原本想和你外出打猎，当时你非常消瘦，心情也不太好。然而此刻，你面色红润，心情爽朗。我非常想知道你身体变好的原因。请尽管讲来，不要隐瞒啊！"

沙宰曼说："说起我为何变得面黄肌瘦的，我倒是可以告诉你，至于为何重又变得红光满面的，则请您原谅，我不能如实相告。"

山鲁亚尔听完这席话，更加困惑，便说："那就先让我听一下是什么原因令你陷入困境的吧。"

"哥哥，当你派了宰相要我来见你的时候，我就打点好了一切，出了京城。后来我想起来我要送给你的那串念珠落在宫里了。我返回了宫里，却发现自己的妻子正同一个黑奴睡在了我的床上，于是我把他们双双杀死。来到你这里后，我总是想着这件事。这就是我变得面黄肌瘦的原因。至于我的脸色为什么又会恢复正常，则请你原谅，我实在不便说。"

哥哥听了弟弟这番话，简直不敢相信，禁不住满腔怒火，说道："弟弟，你杀掉你的妻子已消除了很多邪恶，我非常理解你的痛苦。然而请你一定要告诉我，你的脸色恢复正常是什么原因。"

"国王陛下，请您不要再问了！"

"你必须告诉我。"

"哥哥，我担心对你说了以后，你可能比我更加气愤、更加伤心。"

"正是由于这点，"山鲁亚尔说道，"你才更应当将真相都告诉我。"

在哥哥的一再坚持下，弟弟把自己见到的事，一五一十地告诉了哥哥。

山鲁亚尔听后对弟弟沙宰曼说："我想要亲眼看看究竟是怎么回事。"

弟弟沙宰曼说："你可以装作外出打猎，然后躲在我这里，就可以亲眼把那一切看得一清二楚。"

于是国王当即扬言要去打猎。国王出城后，吩咐手下亲信："你看好帐篷，不准任何人靠近，也不准其他人知道我不在这里。"然后他化了装，偷偷潜回到他弟弟所在的宫室。第二天大清早二人便来到窗前，在俯临御花园的窗户跟前坐了一会儿，便看见宫女簇拥着王后同奴仆们一道走进了御花园，朝喷泉走去，所作所为与他弟弟沙宰曼所述并无二致。他们就那样一直胡搞到黄昏日落。

国王山鲁亚尔知道了妻子与侍女们卑鄙无耻的行为以后，对弟弟沙宰曼说："老弟！我们称王掌权究竟有何用？这个国家又有何可留恋之处？弟弟，让我们浪迹天涯，随处走走！看看是否还有人有类似我们这样的遭遇！"

弟弟亦有同感。于是兄弟二人偷偷地离开王宫。兄弟二人来到一棵树下，坐下来歇息。过了一会儿，忽然听见一阵巨大的响声，一根黑色的柱子腾空而起，只见柱子愈来愈高，直耸云霄。兄弟俩见到这一情景，吓得赶紧往树上爬。树很高，他们爬到了树顶，凝望究竟发生了什么事。就在这时，他们突然看到的是一个巨大的魔鬼从海里冒了出来并朝绿地走来。这个魔鬼身材魁梧，肩膀浑圆，胸脯宽阔，头上还顶着一个水晶箱。魔鬼走到岸上，来到兄弟藏身的树底下坐好，从水晶箱中又拿出一个盒子，盒子由七把铁锁锁着。魔鬼从大腿上拿出七把铁钥匙将盒子打开，这时兄弟二人才发现盒子里边装的竟然是一个皮肤白嫩、绝顶漂亮的窈窕女子。她笑容满面，就像温暖的阳光灿烂地照耀着大地一般。恰如诗人乌塔亚写的那样：

她是穿越黑夜的黎明，
回眸一瞥能把丛林染成黄金，
她的光彩犹如太阳，
即使月光也要羞赧地遮上纱巾，

倾国倾城，妩媚而妖娆，
躲藏在她的面纱之下。
但她的神色突然转变，
一时间，泪水奔涌，淹没了城镇。

魔鬼让女子坐到自己身旁。妖魔瞧着她说：“我在洞房花烛夜里抢来的娇娘啊！没有人可以在我前面把你的贞洁抢走。除去我，任何人都不能再爱你。哦，我的心肝，我要先休息一会儿。”说罢，妖魔便把头枕在那女郎的膝盖上睡着了。

少女抬头往树上一望，看见了躲在树顶上的国王兄弟，对他俩打着手势，让他们下来，不必怕那妖魔。两人对她说：“凭真主起誓，请你谅解，这事实难从命。”

她对他俩说：“你们立即下来，否则的话，我就喊醒魔鬼，把你们统统杀死。”边说边摆出喊醒魔鬼的姿势。

兄弟二人害怕了，只得从树上爬下来。女子来到他们面前，吩咐道：“咱们来做男女之间的游戏吧，痛快点！否则我就叫醒妖魔来收拾你们！”兄弟二人说：“女郎，我们是可怜的丈夫，怎么可以跟你做那种事呢？”

“不必多说，你们一定要做。”女子说道，无奈之下，山鲁亚尔对沙宰曼说：“你就照着她的吩咐干吧！”可是弟弟踟蹰不前，低声说：“你先去，我再去。”

少女逐渐失去了耐心，说道：“你们别争了。再不快点儿，我真的喊醒魔鬼了。”

由于害怕那妖魔，兄弟俩只好照那女郎的吩咐，与她云雨起来。事毕，她从衣兜中取出一个钱包，钱包中有个打了结的绳子，上边系着570个戒指。她把这串戒指展示在他俩面前，问道：“你们知道这是怎么回事吗?”

兄弟二人齐说:“不知道!”

女子说:“每个和我交欢的人都必须留下他们的戒指。这是570个男人留下来的戒指,因此轮到你们了。”

兄弟二人不得不把手上戒指摘下递给她。少女说道:“这个魔鬼在我结婚的那天夜晚把我夺走,他把我藏在一个匣子里,又把这只匣子放进箱子里,还在箱子上锁了七道锁,然后再把它放进波涛汹涌的大海的海底下,不让我和任何人接触,担心我对他不忠!可是他不知道。女人想干什么事,那是什么都管不住她的。正如一个诗人所说的:

千万不要相信女人,
更不能相信女人的心。
她们的喜怒哀乐,
如同变化无常的暮雨朝云,
她们的誓言永远那么动听,
即使说出了永远爱你,也别当真。
不信就看看约瑟夫,
他遭受的苦难和疼痛!
像魔头使爱但会被驱逐,
这一切都源于她们淫亵的禀性啊。”

国王兄弟听了女郎这番话,感到无比惊奇。此刻少女也已经离开他们返回魔鬼身旁,兄弟二人如释重负,悄然加快步伐离去。途中二人谈道:“那是个神通广大的妖魔。他遭遇的事尚且比我们遭遇的事还要严重得多,何况你我。我们可以返回自己的国家了。以后我们别再和女人有任何牵连。现在让她们瞧瞧我们的厉害。”

兄弟二人骑马几经周折，返回山鲁亚尔国王的京城。山鲁亚尔坐到王位上，传来首相（两个宫女的父亲），说道："由于王后对婚姻与誓言不忠，我命你马上将她处死。"首相只好遵命行事。接着山鲁亚尔又把荒淫作乱的男女全部杀死，同时发誓从今往后每娶一个妻子，第一天晚上和她交欢，第二天清晨就把她处死，并宣称世界上没有一个纯洁的女人。此时，沙宰曼也请求返回自己的国家，在随从队伍的保护下顺利回到王宫。就在当晚，山鲁亚尔吩咐宰相给自己带来新娘，接着次日早上再令宰相杀死新娘。宰相虽然万般无奈，也只有唯命是从。从此以后，国王山鲁亚尔每娶一个处女，破身之后，便将她杀死。这样持续了三个年头。民众逐渐对国王感到不满，不断地指责他，祷告真主早点儿惩罚这一暴君。为了逃避国王的虐杀，百姓们只好带着女儿逃之夭夭；朝中十室九空，京城竟然再没有一个女孩可供国王糟蹋。国王仍旧命令宰相给他找女孩子来，供他享用。宰相出了宫，找了很多天却一个也没有找到，满面愁容地返回家中。宰相有两个漂亮的女儿，山鲁佐德和敦亚佐德。她们都饱读诗书，特别爱看史书与历代君王的传记，尤其是大女儿山鲁佐德，她了解历代国王的传记，深谙各个国家、民族的史实与逸闻，真可谓博古通今，满腹经纶。山鲁佐德向来非常有礼貌，性格活泼，知书达理，十分聪明。看到父亲神情忧郁，山鲁佐德问："是什么事情令您愁眉不展，如此苦闷？有诗说得好：

告诉陷入悲伤的人们，
痛楚不会是永远的。
就像欢乐永无止境，
哀痛却总是那样短暂。"

宰相听了女儿这番话，便把国王交给自己的那件难办的差事一五一十地告诉了她。山鲁佐德说："看在真主的名义上，我要来阻止这野蛮凶残的行为！"

"噢！你来说说看。"宰相说道。

"把我嫁给这个国王好了。我想从国王的手里拯救穆斯林家家户户的女孩子，使她们从此以后不再受这个国王的摆布！"

宰相听了喊道："我的孩子！你可千万不能拿自己的生命当儿戏。"

山鲁佐德固执地对父亲说："请求您一定答应我吧，哪怕牺牲我自己的性命。"

"我是担心你的遭遇会像驴和牛在农夫那里的遭遇一样！"

山鲁佐德反问道："水牛和毛驴有何灾难？请您告诉我吧。"

宰相对女儿讲述了水牛与毛驴的故事。

从前有一个商人，有钱财，有牲畜，有妻室儿女。更带有神奇色彩的是，真主还赐予他能听懂飞禽走兽的语言。商人的牛圈中有一头水牛与一头驴，它们分槽而食。一天，在仆人的服侍下，商人悠然自得地坐在牛圈边；孩子们都在他身旁玩耍嬉戏。这时，他突然听到水牛对驴说："你好福气啊，你的房间始终都是干净而整齐，人们全围在你身旁看护你，你吃的大麦都是过了筛的，喝的全是干净的水，还有人伺候你；但是我成天累得要死，天天脖子上拴着犁，超负荷工作，每天回来时脖子酸痛，双腿打战，眼皮干燥，非常劳累，更令我伤心的是，夜晚还会被关到非常脏的屋里，吃的全是掺杂着灰与泥的大豆和麦秆，睡在肮脏的地上。而你多清闲自在啊，主人偶尔才会骑骑你，转一趟就回来了，其余时间你便悠然自在地待在清洁的屋子中，无事可干。经常是我工作你休息，我饥肠辘辘时你却每天都吃得饱饱的，你睡觉的时候我却难以入眠。人们赞赏你，而我却遭受白眼，这简直太不公平了！"

毛驴听了就给水牛出主意说："你简直是一头蠢牛！看来俗话说得对，你既不聪明，也没有心计，真是简单得无法再简单了，也不懂得向其他人征求一些意见。难道你没听说过吗？

我为他人辛苦劳顿，
他们得到欢乐而我却只得烦恼，
像是阳光下的额蹙者，
将人们的衣饰洗刷。

但是你这头蠢牛，头脑发晕，清晨出去，晚上回来，努力工作，还要忍受主人的训斥和鞭打；以后死了，还要把皮肉献出来供人享用。”

“下次再下田，他们给你往脖子上套牛轭的时候，你就趴在地上，别起来！他们若是打你，你趴下来，就躺倒再也不起来。他们若是把你牵回来，喂你豆子，你都不要吃，要装出一副病弱不堪的样子，要一两天或是两三天不吃不喝。这样你就可以清闲自在，不再吃苦受累了。”

听完毛驴的话，水牛十分感谢，对驴说：“你说得真对。”接着又说了一些感恩的话，叫道，“醒人之神，你总算拯救了我的命运！”

第二天一早，农夫牵牛去犁田。因为听了毛驴的劝告，水牛无论如何都不愿意动，还把轭挣断狂奔开来。农夫最后还是赶上了水牛，狠狠地把它打了一顿。水牛有气无力地站着。晚上回到家，水牛拒绝用食。主人让他吃大豆，它只吃了一点点。随后就躺在了地上。

农夫前去告诉商人说：“老爷！那条牛干不动活了，它昨天晚上一点儿料都没有吃。”由于商人听到了水牛与毛驴之间的谈话，心知肚明，于是便道：“去，把驴牵去！今天一整天都让它替牛耕田好了！”驴代替牛耕了一整天的田。一天下来，毛驴的两肋酸痛，脖子也让轭给磨破了。天黑回家后，驴连腿都伸不直，而水牛却悠闲地上躺了一整天，胃口也非常好，把草料吃了个精光；更叫毛驴无法忍受的是，水牛还接连不断地感激毛驴的绝妙主意，却根本不知道毛驴的劳苦。

晚上毛驴回圈，水牛对它的功德深表感谢说："难以用语言来表达我对你的谢意，你是把我唤醒的神人，因为你我才能非常舒服地歇息一天，并安静地享受食物。"驴子听了一声不响，心中却懊悔得不得了，喃喃自语道："我本来是整天安闲没事，只是因为爱多管闲事，才害得自己大吃苦头。"接着在水牛不停地感谢声中疲惫不堪地返回驴舍。

宰相深情地对女儿说："孩子，一失足成千古恨。看在真主安拉的名义上，别再拿自己的性命当儿戏，我希望你能在我的荫庇下快乐地生活。"

山鲁佐德回答说："父亲，我一定要嫁给国王。"

"假如你再坚持，我就要用商人教训妻子的办法来对付你了。"

"商人是怎么教训自己的妻子的？"

当天晚上，商人和妻儿并肩去阳台赏月。阳台下边恰好就是牛棚。商人坐到阳台上，孩子们在他身旁嬉戏。商人又听到毛驴对水牛说："哎，伙计，明天准备怎么做？"水牛说道："继续按照你的建议，继续装下去。"毛驴摇摇头说："我听主人说了：'那条牛若是再爬不起来，就把它送到汤锅那里，让屠夫把它宰了，剥皮卖肉算了！'"果然，水牛害怕了，立即说："明天我还是跟着他们下地吧！"于是牛又开始大口大口地吃起草料来，一槽草料吃了个精光，还直用舌头舔槽帮子。

第二天一早，商人和他的老婆一道走到牛圈跟前，坐了下来。农夫前来牵牛，而水牛一看到主人就奉承地摇起尾巴，围着主人不停地转动。人见状不禁笑得前仰后合。他的妻子却摸不着头脑，问他："你出什么事啦？"商人说道："这是一个秘密，我绝不能说，要不然我会死的。"妻子说："这件事，你非得告诉我不可。哪怕你就是死了，也得对我说清楚，你究竟为什么要笑？"商人说："我不能说出鸟兽之间的谈话，要不然我会死的。"妻子说："哼！你准是在嘲笑我！"于是她纠缠不休，大吵大嚷，死乞白赖地硬要他讲。

商人说道："因为怕死，我实在不能说出来！"妻子坚决地说："你必须告诉我你为什么忽然大笑。"商人不得不说："上天赐予我能够听懂鸟兽语言的本领。我一直都没敢将这一秘密告诉别人，担心我将因此而死去。"妻子吃惊地尖叫起来："天啊！那你告诉我公牛与驴之间有什么秘密？"说完，便缠着商人不放。商人无可奈何，不得不说道："将你的父母、我们的孩子和亲属邻居们都喊来吧。"接着商人差人去请来法官和证人，想要当着大家的面立下遗嘱。商人深爱着妻子，她是他的堂妹，又是孩子的母亲。再说自己已经是120岁的年纪了。

家人和邻居纷至沓来。商人向他们讲述了事情的原委。在场的人都劝商人的妻子："看在真主安拉的名义上，别再任性了，你难道就忍心看到你的丈夫、孩子的父亲死去吗？"但老妇却不依不饶："这老头即使死也得将秘密讲出来。"讲到这种份上，大家只好默不作声了。

此刻，宰相继续着他的故事。商人家里养着一只公鸡，带着50只母鸡，就在商人打算和它们告别的时候，就听到那条狗正大声斥责那只公鸡道："你这愚蠢的家伙，还快活呢，你不感到羞愧与可耻吗？"公鸡赶紧问道："今天怎么了？"狗就将事情怎么来怎么去的讲给了公鸡听。

公鸡不屑地说："凭真主起誓，咱们的主人可真是缺心眼儿。连个老婆都对付不了，活着也等于白活。我有50个老婆，将她们驯得服服帖帖，想与哪个亲热就与哪个亲热。而我们主人看上去是如此机灵的一个人，且只有一个老婆，还管不住。"狗问："照你说主人应当怎么做？"公鸡答道："他应当站起来，从树上折几根桑树枝子，把她关进库房里，结结实实地抽她一顿，直到她哭着喊：'我非常后悔，我不会再问你这一问题了！'而且承认自己的错误，再也不这样霸道！然后再狠打她一顿，不要再提那种无理要求！"

宰相讲到这里，就对女儿山鲁佐德说："也许我也应该像那个商人对付他老婆那样来对待你！"山鲁佐德问道："商人是怎样对待她的呀？"

商人听见公鸡的妙计，先是折了几根桑树枝子，藏在库房里，然后又把妻子领到库房跟前说：‘来！让我在这库房里单独对你说完再去死，不要让任何人看见。’她便跟着丈夫来到房中。商人把门锁上，狠狠地把她抽了一顿，说：“以后还问和你没有关系的问题吗？”老妇人疼得无法忍受，大喊道：“我忏悔了！”然后又吻他的手，又吻他的脚，表示忏悔。至于商人，则镇定地表现出对妻子深情。他们一起到房间外面，她的父母和街坊邻居看到他们恩爱的模样十分高兴，快乐取代了以前的哀伤。从此，商人和妻子相安无事，尽享天年。

宰相接着说：“女儿，假如你再执拗，我也像商人对待她妻子那样将你狠狠地打一顿了。”然而女儿却说：“我还是不改初衷，一定要那样做！”宰相接着问：“你已经下定决心了？”山鲁佐德说：“是的。”

宰相好言劝解了很长时间，只好依从女儿。不得不来到山鲁亚尔国王身旁，对国王讲述了自己和女儿的争吵，并说当天晚上就想将女儿交给国王。山鲁亚尔十分高兴：“那好吧，准备今天晚上让她来吧。”

宰相返回家中帮她打点好，准备送她进山鲁亚尔的王宫中去。山鲁佐德十分高兴，把一切准备妥当后，对妹妹敦亚佐德说道：“我进了王宫后，会打发人来叫你去。你到了我那里，看到国王占有了我之后，就对我说：‘姐姐！给我讲个稀奇古怪的故事吧！咱们好用来解闷，打发那夜晚。’我就会对你讲故事。这讲故事的办法就可以让众姐妹得救了。”敦亚佐德发誓说：“放心吧，姐姐。”

晚上，宰相就把她送进了王宫。在国王将她放到床上，开始动手的时候，山鲁佐德便哭了起来。国王便问她：“你这是怎么了？”她回答说：“我的国王啊，我有个妹妹，我希望在早上到来之前再与她见最后一面。”国王便派人去找敦亚佐德。她来到姐姐跟前，同姐姐拥抱，然后坐在床脚下。行过房后，山鲁佐德冲着妹妹打手势。妹妹见状，就对姐姐说：“好姐姐！看在真主的分上，你给我们讲个故事，好让咱们今夜消愁解闷!”

姐姐回答说:“如果这位圣明的国王陛下允许的话，我倒是非常愿意讲的。”而国王本来心里很烦，打心眼里喜欢听她讲故事，便欣然准许。山鲁佐德十分快乐，于是她就开始讲故事，一直讲了一千零一夜。

渔夫和魔鬼的故事

从前有个早已上了年纪的老渔翁，每天靠打鱼维持生活。他有个奇怪的习惯，每天只撒四网，绝不多撒。

有一天中午时分，他来到了海边，放下鱼篓子，挽起袖子，卷起裤脚就下了海。他撒下网，耐心地等它沉入水中。在等待了一段时间后，他脱下衣服，潜入海底，拼命用力，终于把渔网收了起来。他高高兴兴地上岸穿好衣服，来到网跟前，却发现网里是条死驴，最令渔翁伤心的是渔网也给弄破了。他感到十分沮丧。

渔翁把死驴从网中清除出去，把鱼网拧干，抖落抖落，然后蹚水下海，一边说“以安拉的名义，”一边把网撒入海中。待网落到海底好一阵工夫，这才动手收网。这次网却更重，他的直觉告诉他，这次肯定是大鱼。他把网绳又在木桩上系牢，自己脱光了衣服，下海潜入水底，弄了半天才把网拽到岸上。

一看，网里竟是一口灌满泥沙的瓦缸。

渔翁不愿空手回家，他把破缸扔掉，把网拧干弄净，祈求真主宽恕他的怨天尤人，然后再下海撒下了第三网。这一次，他等的时间更长，才开始收网，可是网里全是破骨片、碎玻璃和各式各样的贝壳。

他仰起头朝天道：“安拉啊！您知道我每天只撒四网。现在我已经撒了三网，竟然一无所获。安拉啊！求您把衣食赏给我吧，这可是我最后一网了。”他念叨着万能之神安拉的大名，把网撒入海中，这次他等待了更长的时间，才动手收网。不料却拉不动，他想一定是鱼网在海底被挂住了。

渔翁脱了衣服，潜入水下，弄了半天，才把网拽出到岸上。打开一看，这回里面是个胆形的黄铜瓶。瓶口用锡封住，印着苏莱曼·本·达伍德的印章。望着胆瓶，渔夫一见，不禁眉开眼笑，自言自语道："这个瓶儿拿到市上卖，准值10个金币。"他拿起瓶子摇了摇，发觉瓶子很沉重，里面似乎装满了什么东西，他找出一把刀子，设法撬开了瓶子口上的铅封，把它放在一边，然后抱起瓶子。让瓶口朝下，使劲摇了摇，以便把瓶子里的东西倒出来。可是竟然什么东西也没有倒出来。渔夫不由得感到十分诧异。

就在这时，从瓶子里冒出一个相貌丑陋的妖魔。魔鬼说："安拉是唯一的主宰，苏莱曼是他的信徒。安拉派下来的先知啊！请您高抬贵手，不要杀我！我再也不敢违背您的命令、不听您的话了！"

"你这个叛徒！你刚才说起苏莱曼是真主派来的先知，"渔翁道，"可是苏莱曼死去离我们现在已经1800年了。你是怎么回事儿？"

"渔翁，我给你个惊喜吧。"

"你要给我什么惊喜？"

魔鬼狞笑着说："这惊喜就是要在此时此刻杀了你。"

"是我把你从那个瓶子里放了出来，你为什么要杀死我？我究竟犯了什么死罪？"

"少废话，你希望我用什么方法处死你？"

"我到底犯了什么罪，以至于要得到你这种报答？"

"渔翁，你听一听我的故事，就会明白了。"

"说吧，告诉我吧，我已经被吓得魂不守舍了！"

"渔翁，你要知道，我是一个作乱犯上的精灵。曾经与精灵赛赫尔一道同苏莱曼王作对，因而触怒了他。他派宰相白尔海亚把我捉了去。当时大圣苏莱曼劝我皈依他的教化，可我不肯，于是他拿出这个胆瓶把我禁锢起来，加上铅封，盖上他的刻有真主大名的大印，并命令精灵将我扔进了海中，使我永无出头之日。我在海中沉闷地度日如年。第一个世纪的时候，我私下想道：‘谁若是能救我出去，我就让他一辈子发大财。’可一百年很快就过去了，没有人来救我。第二个世纪，我说道：‘谁若是能救我出去，我就让地下所有的宝藏全归他所有。’可仍然没有人来救我。第三个世纪，我想：‘谁要是在这个世纪解救我，我会报答他，满足他的三个愿望。’就这样，整整过了四百年，始终没有人来救我。我非常生气，发誓道：‘谁这会儿来救我出去，我就杀了他。正巧这时你来救了我出去。我这不是让你挑选如何死法吗？”

“难道你就不能看在我救了你命的情面上饶了我吗？”

魔鬼听了渔夫这话，更不耐烦了：“废话少说！你是非死不可的。”

渔翁绝望之余，心想：这家伙是个妖魔，而我却是真主赐予完美的头脑的人类。我应该用我的智慧来对付他。“我以万能之神安拉的名义求你，我来问你一件事，你要如实回答。”

魔鬼一听安拉的大名，不由得浑身颤抖，对渔夫说道：“好的，你问吧，说简单些。”

“你当初是在这个瓶子里的，这真是奇怪极了，这个胆瓶，按理说连你的一只手也容纳不了，更容纳不了你的一条腿，它又怎么能容得下你的整个身体呢？”

“那你是不相信我当初是在瓶子里的了？”

“我没有亲眼看见，绝对不会相信。”

这时候魔鬼就得意起来，摇身一变，化成一片烟云，逐渐缩成一缕，慢慢地钻进了胆瓶。渔翁等到那烟完全进到了瓶子里，赶紧抓起盖了印的铅封，塞住瓶口，然后大声说：“告诉我吧，魔鬼，你希望怎么死法？现在我决心把你扔到海里，并且要盖间房子住下来，昭告世人，从此不让人们在这里打鱼。我要告诉人们今天发生的一切。”

“饶了我吧，我会好好报答你的。”

“该死的魔鬼！又在说谎骗人。我只有这样对你！”

“渔翁，求你放我出来吧。我向你保证：我今后绝不会伤害你，还要让你得到好处，发大财。”

渔翁最终听取了魔鬼的保证，接受了魔鬼的要求，他们约定：渔翁释放魔鬼，魔鬼不可危害渔翁，而且要以他的能力报答渔翁。魔鬼以安拉的名义发誓之后，渔翁相信了他，便打开了那只瓶子。这时只见瓶中冒出一股浓烟，冲天而起，逐渐聚集成形，变成那个狰狞的魔鬼。魔鬼一脱离胆瓶，便一脚把胆瓶踢到了海中。

渔翁说：“安拉说过，‘你们要信守约言，因为约言是被审查过的。’你同我有约在先，发誓不欺骗我。你若违约，安拉将会惩罚你。尽管安拉宽容大度，却从不疏忽大意。”

魔鬼听了这话，哈哈大笑起来。他拔脚前行，说：“渔翁，跟我来吧。”

渔翁和四色鱼的故事

渔翁跟在魔鬼后面，来到一处宽阔的山谷，谷底有一个清澈的湖泊。魔鬼站在下边，吩咐他撒网打鱼。渔翁低头一看，只见湖中都是彩色的鱼，有白、红、蓝、黄四色鱼儿，不觉异常惊讶。他取出网，撒下去，一网下来，打了四尾鱼，正好每种颜色的鱼各一尾。渔翁看着网中的鱼，十分高兴。

魔鬼对他说：“渔翁，你回去的时候，把这些鱼送进宫里，献给国王，他会使你发财致富的。”魔鬼说完，一顿足，大地便裂开来，眨眼间，便陷进去不见了。

渔翁带着四色鱼走回城里。他按照魔鬼的吩咐，用头顶着钵盂，送鱼进宫。国王对渔翁献上来的鱼非常惊奇。他可是生平头一次看见这种鱼，便吩咐宰相："把这些鱼交给厨娘去做好了，让她认真煎吧。"原来宫中刚来了个善于烹调的女厨，是三天前希腊国王刚送来的。国王还未试过她的烹调手艺。

宰相便奉命把鱼送进御厨，交给女厨，说道："今天有人送来四尾鱼，献给国王。主上希望你展露你的技艺，认真烹饪，好让国王愉快地享受吧。"之后，国王命令宰相赏给渔翁40个金币。渔翁接过这笔赏钱，万分高兴，踉跄着跑回家中，他用赏钱买了些生活必需物品。当天夜里，渔翁全家欢乐地过了一夜。

女厨尊旨，有条不紊地收拾干净，支起了煎锅，把鱼放进去煎。就在此刻，厨房的墙壁突然裂了开来，里面走出一位美丽动人的妙龄女郎。女郎把藤杖的一头伸入煎锅，说道："鱼呀！你们还信守旧约吗？"

女厨惊恐得昏了过去。这时，煎锅中的鱼儿突然一齐抬起头来，清楚响亮地回答道："是的，是的。"接着吟道：

你若反目，我们也反目；

你若履约，我们也履约；

你若抛弃誓言，我们也奉陪着。

鱼儿吟罢，女郎用藤杖一下掀翻煎锅，又从墙缝走回，接着厨房的墙壁便迅速和好如初。女厨慢慢苏醒过来，只见四条鱼全都烧焦得如同黑炭一样，发出难闻的味道。她气急，又昏了过去。这时候，宰相来到厨房，见那女厨不省人事的样子，便用脚踢了她一下。女厨醒来，把事情的原委一五一十地告诉了宰相。宰相听了，感到惊奇，说道："还有这么奇怪的事情呀。"于是他立刻派人把渔翁叫来，大声喝道："渔翁！你再给我们送四尾鱼来，要同上次送来的一样！"

渔翁来到湖中，下了网，撒下网，又收上来。一看，正好打上来四条同上次一样的鱼。他惶恐不安地送进宫来。宰相又一次把鱼送到厨房里，仍然给女厨，说："你就当着我的面煎吧！让我看看到底是怎么回事？"女厨认真地重复着煎鱼的过程，墙壁就一下子裂开来，那个女郎又出现在他们面前。她身着打扮与第一次一模一样。她把藤杖戳在锅里，说道："鱼啊！还记得旧约吗？"随着女郎的声音，锅里的鱼一齐抬起头来，吟道："你若反目，我们也反目；你若履约，我们也履约；你若抛弃誓言，我们也奉陪着。"女郎听罢，用藤杖掀翻煎锅，又回到原来的地方，墙又合上，完好如初。恢复了原状。

宰相十分惊讶，把这件奇怪的事情报告给国王。国王听后也大为惊奇，说："我一定要自己亲眼看看！"随即派人把渔翁叫来，限他三天，把那种奇怪的四色鱼儿再送四尾进宫。渔翁又诚惶诚恐地前往湖中去，打了四尾鱼，及时送到宫中。国王吩咐赏了渔翁 400 个金币，才向宰相说："你亲自动手，当着我的面来煎这些鱼！"

宰相拿来了煎锅，收拾好鱼，把锅支在火上，把鱼丢进锅里，刚要煎的时候，墙壁突然裂开。这次里面出来一个彪形大汉，体壮如牛，像是翁定族的后裔。他手中拿着一根绿树枝，粗声粗气地问道："鱼啊！鱼啊！还记得旧约吗？"话音刚落，锅中的鱼都抬起头来，回道："是呀，是呀，我们是履约的。"随即吟道："你若反目，我们也反目；你若履约，我们也履约；你若抛弃誓言，我们也奉陪着。"彪形大汉走过去，举起树枝，掀翻煎锅，从来的地方扬长而去。

宰相与国王再瞧那些鱼，只见它们已经变得像焦炭似的，不禁震惊，于是他传渔翁进宫，问道："该死的渔翁，实话告诉我，你究竟从哪里打来这种奇特的鱼？"

"从城外山谷中的一个湖里打来的。"

"从这里去有多远？"

“启禀陛下，大约半小时的路程。”

于是，在渔翁的引领下，国王的人马打着黄旗，浩浩荡荡地开出城去。一直来到那片的山谷中。只见湖泊水清见底，群山围绕，里面有红、白、黄、蓝四色鱼游弋。国王问那些年纪大些的人，他们都说：“我们活了一辈子，从未见过这个湖泊呢。”

国王说：“我若不弄清楚这个池塘和这些鱼到底是怎么回事，就绝不回京城，也绝不再上朝理政！”他对宰相说：“今天夜里我想一个人静静地在帐中，将事情弄个究竟。无论公侯将相、侍从仆役，一律不得见驾。另外，别让任何人知道我想干什么。”

宰相遵照命令，小心翼翼地守在帐外。国王化了装，配上宝剑，趁黑夜悄悄溜出了营帐。他一直跋涉，从夜黑到黎明，从天明到晚上，顶着炎热，不顾疲劳，连续走了一昼夜。第二天又走了一昼夜，到天亮时，他发现远处黑糊糊的一片不知是什么东西，那线黑影原来是一座黑石建筑的宫殿，两扇大门，一扇宫门开着，另一扇关着。国王高高兴兴地来到门前，轻轻地敲门，却不见回音。他连续敲了三次，仍然没有人答应。他接着猛烈地敲了一会，还是没人应。他想：“这宫中一定是空无一人。”他鼓起勇气，闯进大门，径直闯入堂屋。屋里仍然空空荡荡，却布置得井然有序，富丽堂皇，地下铺着金光闪闪的地毯，窗前挂着绣花的帷帘，一切陈设都是丝绸的。四间拱形大厅环抱着一个宽敞的院落，院中有石凳和喷水池，池边蹲着四个金色的狮子，口中喷出珍珠般的清水，院中养着禽类，空中张着金网罩住群鸟，使鸟儿飞不出去。

国王看后连连称奇，赞叹不已。就在这时，他突然听到一声忧郁的叹息声。声音吟道：

我藏起你那里的一切，你却暴露自己。

瞌睡从我眼里逝去，换来了失眠。

……

国王闻声站起身来，朝里望去，见大厅门上挂着帘幕，他伸手掀开帘幕，一个青年坐在幕后的一张床上，床有一尺多高。那青年长得眉清目秀，身材颀长。

国王见状，不禁喜出望外向他问好。那个青年正襟危坐，穿一件埃及式的金线绣花袍，头戴珍珠王冠，但满脸是愁云密布。他向国王还礼，接着道："我身患残疾，不能起身迎接，望你原谅。"

国王很惊奇，便问那青年道："青年人，你为什么如此伤心地哭泣？""我可怜，遭遇令我伤心不已！"他撩开袍服，让国王看他的下半身。原来这青年从腰到脚，都已化为石头，只有从肚脐到头发的上半身才同正常人一样。国王见状，忍不住悲叹道："青年人，请把你的遭遇告诉我吧。"

"我会告诉你的。"

"你说吧！"

着魔王子的故事

先生，你可知道，这座岛是一个名为"黑岛"的国家。我的父亲原是这座城邦的国王，叫哈穆德。在他驾崩之后，由我继承了王位，并娶了我叔父的女儿。我们情投意合，相亲相爱。这样的生活，持续了整整五个年头。

一天，她去澡堂沐浴，我便吩咐厨师赶紧给我们做一顿丰盛的晚餐，以便一同享用。当时我就在这座宫殿里休息，由于妻子不在身边，我感到情绪不宁，便吩咐两个宫女坐在床头床尾伺候。我辗转难眠，便闭目养神。此时，两个宫女以为我睡熟了，便闲谈起来。我听见坐在床头的那个宫女说："咱们的主子可真可怜！他竟然跟我们这个魔法师太太一起生活。"

"愿安拉惩罚这个邪恶的女人！"

"主人太愚蠢了，也不加以管束。"

"你怎么这么笨啊？难道咱们的主子了解她的情况吗？她每天晚上在他临睡前，趁机把麻醉剂放在主人每天睡前喝的酒里，她每次都穿戴打扮好，溜出去，直到清晨才回来，然后她再用焚香把主人唤醒。"

傍晚，妻子从澡堂沐浴回来，我们又像往常一样，见天色已晚，我就按照往日的习惯收拾着准备睡觉。我妻子一如往常，拿来酒，亲手递给我。我装作什么都不知道，做出仍像往常一样把酒喝了下去的样子，实际上却偷偷地把它倒进袖口里，然后装作昏迷过去，拉过被子倒头就睡。她从容地换上华装丽服，拿了我的剑佩在身上，打开宫门走了出去。

我立即跳下床，跟在她后面也出了宫。我悄悄地跟着，一路追赶，最后，走到一片土丘中。土丘中央矗立着一座堡垒，城堡中有一座土坯砌的圆顶房子。我跟进去后便爬上了圆屋顶监视她。原来她每天就是来这里会一个黑奴的。那黑奴长的龇牙咧嘴，奇丑无比。他衣衫褴褛，浑身湿漉漉地躺在一堆苇草上，无聊地用嘴唇捡沙石玩。

这时，我妻子竟跪在那个黑奴面前，对他磕头，她对那个黑奴一直是哭哭啼啼地哀求着，直至那个家伙原谅了她，才高兴起来，说道："主人！你这里有什么赏赐给我吃的吗？"

"你去打开那个铜盆吧，"黑人说，"里面有些煮熟了的老鼠骨头，你可以拿去啃，把罐里的剩汤也喝了吧！"我妻子果然按他的吩咐去做，然后洗手漱口。

我悄悄地从屋顶下来，溜进了屋，拿起妻子带来的宝剑，抽了出来。当时我怒火中烧，一剑砍在黑奴的脖子上。谁知这一剑下去竟没有割断那两条致命的血管，没有伤到他的要害，只是割破了他的喉头，伤了他的皮肉。当时他一个劲地喘粗气，我认为他已经离死亡不远了。这时，我妻子却趁机逃掉了，但她并不知道是我干的。我把宝剑插回鞘，匆匆返回城里宫中，上床一直躺到天亮。

清晨，我妻子依旧把我叫醒。只见她剪了头发，还穿了丧服，对我说："哥哥啊！请原谅我的穿着！我母亲病逝了，父亲又战死沙场，两个哥哥一个被毒蛇咬死了，另一个得热病死了。遭遇如此悲惨的事，我应该守孝才对。"

"我不反对你，"我平心静气地对她说，"你看怎么合适就怎么办好了。"

从此她终日悲哀，向隅而泣，埋头守孝。一年后，她对我说："我想在你的王宫里建一个圆顶的墓室，取名为'哀悼室'，我想一个人安静地在里面守孝。"

"就按照你的意思办吧。"我对她说。

她很快在宫中建起一座圆顶的哀悼室，看上去俨然就是一座寝陵。之后，她让那个黑奴搬进了那里，让他住在里面。那黑奴虽然还活着，但也是奄奄一息。他自从那天中剑后，只能靠汤水度日，病弱得不能开口说话，眼看就要咽气了。我妻子每天早早晚晚都去看他，哭哭啼啼地安慰他，一天到晚，不辞辛苦地服侍他。由于对妻子宽容，让她在这种情况下过了一年。一直到第三年我实在忍无可忍了。有一天，我又走进哀悼室，我妻子正坐在屋里她砌的坟前，长吁短叹，道："我的主人哟！我好久不曾听不到你的声音了。你怎么不回答我呢？"接着吟道：

坟啊，坟啊，他的英俊逝去了吗？

还是被灿烂的景象磨灭了？

坟啊，你不是天，不是地，为什么太阳和月亮会在里面汇聚？

她向黑奴的赞美和致哀，使我犹如火上浇油，愤然质问道："你到底要哭到哪天呀?"我继而吟道：

坟啊，坟啊，消灭他的黑色了吗?

或者是那肮脏的景象。

坟呀，你不是池沼、锅釜，为什么会聚集炭灰和渣滓?

听了我的诅咒诗，我妻子"噌"的一声跳了起来，说道："该死的！原来是你干的，砍伤了我的情人，摧残了他的青春，让他三年来就这样半死不活的。我不能让死人复生，但我却能让你也痛不欲生。"于是她张嘴念了些什么咒语后，说道："凭着我的法术，让你的下半截身体变成石头吧。"从此以后，我就变成了像你看到的这个样子：站也站不起来，坐又坐不下去，我站不起来，睡不下去，下半身是没生命的石头，上半身却是行动自由的活人。我的下半身化成石头后，她又对这座城市及城里的大街小巷、市场、园圃都施了魔法。城中原来住着伊斯兰、基督、犹太和袄教四种宗教的信徒，可全都变成了鱼类。伊斯兰教徒变成白鱼，袄教徒变成红鱼，基督教徒变成蓝鱼，犹太教徒变成黄鱼。原来的四个岛屿也变成四座山岭，围绕着湖泊。从此以后，她尽情虐待我，每天打我一百棍，直打得我皮开肉绽，鲜血淋漓，然后给我上半身贴肉穿上一件粗毛衬衣，再在上面套上这些华丽贵重的衣服。

国王望着那青年王子说道："青年人，我知道这个隐秘之后，更想把他弄明白，那你能告诉我：你的妻子在哪里？那个受伤黑奴待的墓室又在哪里?"

"黑奴睡在哀悼室中的坟墓里，至于我的妻子，则在对着那扇门的那个厅里。她每天日出时都到这儿来，剥光了我的衣服，打我一百棍，打得我痛哭流涕，声嘶力竭，不能动弹，然后她才去哀悼室侍奉那个黑奴，给他端汤送水。明天一大早，她就会来。”

“青年人，我一定要为你做一件流芳百世、永垂青史的好事！”国王陪青年人一直谈到深夜，才睡觉。

第二天黎明前，国王脱掉衣服，光着身子，提起宝剑，动身来到那个黑奴所在的地方。室中摆着灯、烛、香料和药膏。国王走到那黑奴跟前，一剑将他杀死，接着把他的尸首扔在宫中的一眼井里，然后回到屋内，拿黑奴的衣服裹在身上，手握宝剑，倒身下去。过了约一小时，那个妖婆果然来了。她一进门就把她丈夫的衣服剥光了，然后痛打一顿。她丈夫苦苦哀求，说道：“妹妹哟！求你可怜我吧。”

“你当初可曾可怜过我吗？你谅解过我的情人吗？”她反问着继续痛打，直打得丈夫皮破血流，才给他披上毛巾，把锦袍罩在外面。之后，她端着一杯酒、一碗汤走进圆屋顶去看望那个黑奴。她走到坟前，哭着说：“主人哟！你回答我呀，有什么心事，对我讲吧。”

国王压低了嗓门儿，卷着舌头，模仿黑奴的口气说道：“唉哟！唉哟！毫无办法，只盼万能之神安拉救援了。”那个妖婆听见，以为是黑奴在说话，竟欣喜若狂地大叫一声昏了过去。片刻，她醒过来叫道：“主人！我的主人哟！”

这时，国王用更微弱的声音说：“你这个讨厌的家伙！你让我身体如此虚弱，难以恢复。”

“怎么会这样呢？”

“因为你整天地折磨你丈夫，他大喊大叫地嚷着救命，使我整宿整宿地睡不着觉。”

“若是你允许的话，我饶恕他好了。”

“你饶了他吧，让我们相安无事。”

“明白了。”

那女人说罢，便走出圆顶屋，进了宫中，拿起一个碗，盛满了水．口中念念有词，碗中的水忽然沸腾起来。她把水洒在丈夫的身上，说道："恢复你的原形吧。"她说罢，青年果然瞬间恢复了健康，站了起来，为自己的复原得救无比高兴。"滚出去吧，"她骂道，"以后再踏入这里半步，我就杀了你。"待青年离开宫殿后，她才愉悦地来到哀悼室，对黑奴说："出来吧，我的主人，好让我看看你，为你的安康而高兴。"

"你都干了些什么？"国王把声音压低说，"你是治标不治本嘛！"

"我亲爱的人哟！那怎么才能医治好你呢？"

"你这个该死的家伙！你忘了这座城市的居民，岛国的国民还都忍受着灾难，每到夜深时，那些鱼就抬起头来求救，还诅咒我和你。这才是我不能恢复健康的真正原因。去吧，你马上去解救它们，再来救我出去，我现在正在慢慢好起来。"

"主人呀！我一定完全照办，不敢有误！"当时她已经兴奋过头，以为真是黑奴在跟她说话，立刻动身，兴高采烈地跑到湖畔，伸手掬起一捧水，对着水念念有词，湖中的鱼突然都恢复了原状，变为各种各样的人类。解开了魔禁，百姓得到解救，河山城镇又变得熙熙攘攘热闹起来，人们买的买，卖的卖，农工商贾，兴旺繁荣。

这时妖妇匆匆赶回哀悼室，向假黑奴说道："伸出您那双慈祥的手来，让我牵你出去吧。""靠近我些。"国王低声道，迅速抽出宝剑，一下子从她的前胸直穿到后背，接着又在她腰上砍了一剑，把她劈为两截，结果了她的性命。国王走出哀悼室，来到宫外，前去拜见国王，两人十分高兴。国王对于那青年的复原表示祝贺，他说："你愿意随我到我的国家去吗？"

"尊敬的陛下，您知道我们两国之间的距离吗？"

"也就是两天半的路程吧。"

"陛下，那是在魔咒下的情况，而现在，我们恢复过来了。其实从这儿到贵国，即使一个健行者日夜兼程，也要用整整一年的时间。您到这儿来只走了两天半时间，那是因为敝国受了魔禁。”

“赞美伟大的安拉，感谢他将你恩赐予我。你就做我的儿子吧！我生平还没有过儿子呢。”

两人拥抱在一起，欣喜若狂。继而他们去到宫中，吩咐侍臣准备好行李。待国王旅途所需要的一切全部准备齐后，青年国王这才依依不舍地与老国王一块儿动身。他带了 50 个奴仆，并带上许多珍贵物品。他们一路上昼夜跋涉，整整走了一个年头，才算平安地到达了老国王的京城。国民们正因国王走失一年多而绝望的时刻，国王平安归来的消息瞬时传开，听到消息国民喜出望外。他对宰相叙述了此行遭遇。宰相听后，非常同情青年国王的遭遇并祝他终于脱出魔境。之后，国王大摆宴席，款待青年国王和侍从，赏赐群臣。

国王回国之后，重新处理国事政务，一切又变得井井有条。一天，他吩咐宰相：“去把那个向我们献鱼的渔夫召来见我！”宰相找到那个渔翁并把他带进宫来。国王赐予他重赏，并询问他的家庭状况，有无子嗣。渔翁如实回答有一个儿子，两个女儿。国王高兴之余把渔翁全家接进宫来，他自己娶了渔夫的大女儿为王后，又做主将渔夫的小女儿许配给那个青年王子，并让渔翁的儿子做他的司库官。国王又委派宰相去做黑岛国的国王，吩咐同来的 50 名侍从护送，前往上任，还让他带去许多礼物，赏赐黑岛国的官吏。

从此之后，渔翁一跃升为国丈。一家人从此享尽荣华富贵，直至寿终正寝。

脚夫与三个神秘女郎

从前，在巴格达城里住着一个脚夫，是个光棍。一天，一位叫胡实卡谢的年轻女郎朝他走来，说道："带上箩筐跟我走吧。"

脚夫跟其来到一家商店前。少女敲门，一个老人推开门。她买了一个金币的美酒。美酒如橄榄油般清澈，少女对脚夫说："提上，跟我走！"之后，脚夫背起箩筐跟着那女郎又来到了一家水果店。少女买了上好的沙姆水果、土耳其榅桲、阿曼桃子、尼罗河岸黄瓜、埃及柠檬、苏丹橙子、香木橼、阿勒颇茉莉花、大马士革睡莲和大红的银莲花、春黄菊、紫罗兰、石榴花、蔷薇花、水仙花等，一一放到箩筐中，说："装上，跟我走吧。"他们很快又来到了一家肉铺，少女说："给我称十斤羊肉。"卖肉的给她割好了，少女付完钱后拿香蕉叶包好放到箩筐内，让脚夫跟在她后面走。不久，少女在一家杂货店门前停下来，又买了干果诸如开心果、葡萄干与杏仁。接着他们很快就到了一个甜点店的门前。她买了一个盘子，买了店里的很多甜点心，其中有果馅饼、"肥皂饼"、柠檬面包、果仁、"萨拉布的梳子"、"少女指"、"卡齐食品"等，脚夫甚至都叫不上许多甜点的名字。接着他们到了一个香水坊，少女挑选了气味不同的香水，其中有玫瑰味、橘子味、百合味、紫罗兰味等等，除此之外还买下一包糖与麝香、乳香、沉香与龙涎香制成的香水。将这些香水放到箩筐以后，来到一家小食店里，然后买了一些腌菜、橄榄油、龙蒿叶、奶酪与叙利亚硬奶酪。把这些东西全都装入箩筐以后，少女对脚夫说道："跟着我走吧。"

后来，二人走到一座相当漂亮的房子跟前，开门的是一个身材窈窕、俊俏美丽的少女。看到美丽娇艳的开门少女，脚夫的魂儿都飞了，恍然间迷失了自己，草篮子都差点儿从头顶摔到地上。脚夫随着她俩走了进去，走到一个非常宽敞的大厅里。厅里有拱廊、亭榭，四周有石凳、壁橱、帷幕，应有尽有。中间有个喷泉，不远的地方，一棵杜松树上挂满了奇珠异石。厅内到处都是镶满珍珠的帷幔。正中央挂着一张红罗帐，帐中躺着一位美若天仙的女子。女主人对两个姐妹说道："为什么站在这儿？还不赶快把东西从这个可怜的脚夫头上放下来！"接着两个女郎一前一后，帮脚夫卸下箩筐，将物品放到地上，递了两个金币给脚夫："好了，你可以走了。"

脚夫望着三个漂亮的少女，站在那里怎么也迈不动步子，磨蹭着不肯离去。女主人问："为什么还不走？嫌钱太少？"接着转身，看了开门少女一眼："再拿一个金币给他！"脚夫回答说："以真主安拉的名义起誓，公主，我不是嫌钱少，两枚金币已经非常多了。但是我想：就你们独自三个女子，没有男人，没有人给你们消愁解闷，难道你们不会感到孤独吗？你们三个人需要第四者，那就是一个聪明能干、有头脑又能保守秘密的男人。"脚夫的这些话令三位女郎乐开了花。女主人接着说："想和我们待在一起也可以，但首先要答应我们一个条件：管住你的嘴，不该问的不要问，否则，只有把你赶走了。"脚夫急忙说道："没问题，公主，我肯定会听从吩咐。我发誓，如我违背，我会变成聋子、哑巴。"采购少女站起身来，系上围裙，洗好杯盏，调了酒，将甜点全放到盘子中，又插上鲜花，给大伙儿倒酒。四人围坐桌边，三姐妹围在他的周围，打闹嬉戏，园中欢歌笑语，仿佛人间天堂。欢乐的时光总是很快过去，就这样，直到入夜，三姐妹对他说道："起来，穿上你的破鞋，走吧。"脚夫说："现在要我从你们这里出去，那简直比要我的命还难过。咱们还是各自无拘无束地来一个通宵达旦吧！"

胡实卡谢又讲话了："要不就叫他待在这儿吧，咱们还可以拿他寻开心。"接着，其他两姐妹也开口了："要留在这儿也行，必须答应一个条件，就是不管你看见了什么，都不能问那是怎么回事，为什么会那样!"

脚夫赶紧道："肯定不问。"

"你起来，去读读门上写的字。"

脚夫站起身走到门边，看到门上用金子刻着：莫论他人事，否则悔不及！脚夫发誓道："我向你们保证：与我无关的事我绝对不问。"一个钟头后，突然，他们听到有人敲门。这出乎意料的敲门声打扰了四人的雅兴，开门少女起身走了出去，没多长时间，女郎回来说道："今天咱们可不用再想清净了，酒宴就此结束吧。"

众人异口同声地问："这是怎么了?"

她回答说："门口有三个剃光了下巴的波斯人，三个都是独眼龙，而且偏巧又都是瞎了左眼，模样都甚是奇怪。他们一副赶路非常疲惫的模样，初到巴格达，找不到住宿的地方，他们还对我说：'希望这间屋子的主人可以让我们在这住一晚上。'"在她不停地劝说下，另外两位姐妹终于答应了："那就让他们进来好了！不过得同他们讲好条件——不关他们的事，让他们别问！免得让他们听到令他们不快的话!"

接着，女郎高高兴兴地跑去开门，三个流浪汉脸上的胡须全刮得非常干净。出于尊敬和畏惧，他们毕恭毕敬地站在很远的地方。她们一番劝解，叫新客人坐下，女郎端来美酒，款待远方来的客人。不久，大家便其乐融融，又唱又跳。此刻脚夫问："伙计，你们可有什么故事或是什么稀奇事，讲一讲，让我们大家解解闷儿"

这时，大概酒劲上来了，三个流浪汉觉得浑身热乎乎的，也兴高采烈地加入舞队。胡实卡谢为他们取来铃鼓、短笛和竖琴。三个流浪汉各取一件开始演奏，女郎们则跟着大声唱起来，屋里气氛愉快、热闹非凡。就在此时，屋外再次响起敲门声，开门少女起身去开门。

这回敲门的是国王哈里发。国王一身商人装扮，在护卫官玛斯鲁尔和宰相贾菲尔的陪伴下，在城市出巡，体察民情。开门少女瞧了瞧他们都是商人模样，显得很庄重，就向姐妹们通报，姐妹们可怜三人的遭遇，对开门少女说："让他们进来好了！"接着开门少女就去开门。三人看到她，走上前去问："我们能够进去吗？"

"进来吧。"开门少女说。

哈里发这才领着贾菲尔与玛斯鲁尔走进去。姑娘们见到他们忙起身为他们张罗，说道："真诚地欢迎你们的到来，不过有个条件。"

三人问道："什么条件？"

她们中的一个说："不管看到什么，都别问。"

"可以。"随后便坐下来边喝边聊。很快，在酒精的刺激下他们开始进入狂欢。此刻女主人起身，对胡实卡谢说："妹妹，我们该干活了。"其他两个女郎说："是！"

接着胡实卡谢站起身，把地方收拾干净：把果皮倒掉，又重新换了香，把大厅中央腾出来，擦洗干净；叫三个流浪汉坐到侧面沙发上，又让哈里发他们三人在另外一边坐着，然后对脚夫说："你的表现简直太粗俗了！你不是外人，是自家人，怎么这么不长眼色？"脚夫把腰带紧了一下，问："让我干什么？""就站在屋子正中间。"胡实卡谢在大厅中间放了一个矮凳，接着又走到屋子中间的一个柜子前，把柜门打开，回头对脚夫说道："过来帮我一下。"脚夫走上前去帮忙，看到两条大黑狗，脖子上还套着链子。在胡实卡谢的吩咐下，脚夫走过去，把狗带到屋子中间，随后女主人走上前来，挽起衣袖，拿着鞭子，对脚夫说："牵一条过来。"脚夫把狗牵到她跟前，抓着黑狗脖子上的链子。那狗呜呜哭嚎着，冲着女主人不停地摇头，但是女主人却毫不理会，挥动鞭子朝黑狗打过去；黑狗痛得不停地号叫，然而女主人却没有停手的意思，女郎一直打得胳膊都酸了，才丢下鞭子。然后，她把那条狗搂到胸前，用手替它擦去眼泪，又捧着它的头亲吻着，自己也跟着哭了。随后她又对脚夫说：“将它牵走，把第二条牵过来。”和上一次一样，女主人把第二条狗也狠狠地打了一顿，自己又哭了一次。看到女主人凶残的举动，国王有点儿于心不忍，心里实在忍不住要弄清这两条狗是怎么回事。国王向贾菲尔使了一个眼色，想让他去问，然而宰相则回过头去暗示：“不要讲话！”此刻，开门少女对女主人说：“主人，你回去吧，轮到我了。”女主人说：“那好吧。”说完就在一张镶着金银的床上躺下，对胡实卡谢和开门少女说，“现在轮到你们俩了，你们想怎么做就去做吧。”开门少女从柜橱里拿出一个绸缎袋子，袋边垂着绿色流苏与金边，采购少女站在女主人面前，掸了掸袋子上的尘，由袋子里拿出一个诗琴，调好音后就开始边弹边唱。

唱着唱着，开门少女忽然大喊一声，然后扯破了衣服昏倒在地上。哈里发看见少女身上有许多伤痕，后背上还有被鞭子打过的痕迹，感到十分惊奇。胡实卡谢站起身，向开门少女的身上洒了点儿水，又拿来一件衣服给她换上。尽管胡实卡谢显得很冷静，但是客人们却越发心神不宁，感到非常纳闷。此刻，开门少女又讲话了：“姐姐，过来给我尽一次义务吧。”胡实卡谢说：“乐意效劳。”胡实卡谢拿起琴，轻轻地弹着琴弦唱起来。

跟第一次一样，开门少女大喊一声，“真主安拉呀！这么做就对了！”说完又像刚才一样，扯破了自己的衣服，晕倒在地。胡实卡谢只好重新往她身上洒水，重新给她穿上新衣。醒来以后开门少女坐起身对胡实卡谢说：“再唱一首吧！让我还了这笔孽债！世上也只剩下这歌声了。”接着胡实卡谢第三次唱起来。

开门少女听到这首歌后，又是激动地大叫一声，扯破了衣服，一头栽倒在地上，昏了过去。露出满身的伤痕。此刻三个流浪汉开始交头接耳：“咱们真不该进这家的门。早知道这样，还不如在街头露宿一夜呢！面前的情景已经让我们心如刀割了。”

哈里发又问：“你们难道不是这家里的人？”

他们说："不是！我们只是先于你们到来的。"

哈里发瞥了脚夫一眼，说："这样说来，那个脚夫应当知道事情的整个经过了？"接着哈里发使了个眼色召来脚夫问他是怎么回事，脚夫解释说："上帝呀，我也是今天头一次见到这个地方的。早知这样，我也宁肯睡草垛，不在这里过夜了。"大伙儿听后一齐喊道："上帝啊，我们还认为你们是一家人呢，原来你和我们一样啊。"

接着哈里发说："咱们是七个男子汉，她们是三个女流，我们鼓起勇气问问她们吧。"除贾菲尔外，大家一致赞同这个意见，贾菲尔说道："既然我们是客人，再说人家有言在先，我们还是别多管闲事了吧。天快亮了，不久我们能离开了。"接着，贾菲尔暗里地对国王说："过会儿天就亮了。明天咱们把她们传到你面前，你再问她们一个水落石出来也不晚！"但是国王哈里发却早已忍无可忍，气愤地对他喊道："我已经忍耐不住了。"贾菲尔说："我可不愿意这样做。"

关于这三个女人的事，他们议论纷纷，莫衷一是，最后一致赞成让脚夫去问。脚夫硬着头皮来到她的跟前，毕恭毕敬地问："姐！我想问你一下，并希望你能如实告诉我们，那两条狗是怎么回事？你为什么要惩罚它们，然后却又哭又亲吻它们？还希望你能告诉我们：你的那个姐妹为什么会挨鞭打？这就是我们的问题。完了。"女主人转身对另外六个人说："是这么回事吗？"除去贾菲尔宰相，另外那些人都回答说："是的，公主。"

听完他们的话，女主人突然哭起来，说道："安拉呀，他们对不起我们。你们进门前我就已经提醒过你们：谁若是问与他无关的事，就会听到令他不快的话。让你们留在这儿，为你们准备最好的食物，难道这些还不能堵上你们的嘴吗？"接着女主人挽起衣袖，用手拍地三下，叫道："来人哪！"接着从橱柜中凭空出来七个黑奴，每人手执长剑。女主人命令道："将他们全绑起来！"黑奴照办以后，又问："尊敬的主人，要不要砍掉他们的头?”女主人说:“且慢!稍等片刻!砍头之前,先让我问问他们的来历也不迟。”此刻脚夫率先喊道:“女主人,冤枉啊!求求您,别杀我,是他们叫我问的。”

听了脚夫说完这话,女主人笑了起来:“你们还能活一个钟头,将你们的身世说给我听。”哈里发抱怨道:“该死的贾菲尔,快告诉她咱们是谁,否则她真会杀了咱们的。”贾菲尔回答说:“那也是咱们罪有应得。”正讲着,女主人突然对三个流浪汉说:“你们是不是三兄弟?”他们答道:“不,不是,我们只是命运相同的过路人而已。”女主人问其中的一个流浪汉:“生下来就瞎了一只眼睛吗?”流浪汉回答说:“只是在我遭遇了一件奇怪的事情之后,才毁掉了这只眼。这事说起来也够让人刻骨铭心、引以为戒的了。”她又问其他两个流浪汉,他们的回答和前者完全相同:“我们从不同的国家而来,分别是三位国王的儿子,是让人敬重的王子,过去管理着很大的国家。”

接着女主人说:“你们每一个人都讲讲自己的来历,再讲讲为什么会到我们这里来的。要是谁的故事说得好,我就可以放了他,免去杀头之祸。”脚夫首先走到她面前说:“女主人,我只是个脚夫,胡实卡谢雇我购买物品,我们到过肉店、水果店、鲜花店、杂货店、干果店、糖果店、香水店,后来就到了您这间屋子。这便是我的故事,请您饶恕我!”听完他的故事,女主人笑着说:“拍拍头离开吧!”脚夫却说:“敬爱的女主人,我得听完我的这些难兄难弟们的来历才走,请您允许我!”

接着第一个流浪汉走到她跟前开始讲述自己的故事。

第一个流浪汉的故事

先父过去是一国之君。先父的弟弟则是另一个国家的国王。我母亲生我的那天正巧也是我堂弟出生的日子。我和堂弟早已成了亲密无间的朋友，他和我简直就如亲兄弟。一天，堂弟对我说："堂哥！我有一件要紧的事，求你帮忙，希望你不要拒绝我的请求。"我十分爽快了答应他："你说吧，我非常愿意帮忙。"

他让我赌咒发誓不告诉别人之后就走了，很快带来一个女子。这女子穿着华丽，头上蒙着厚厚的面纱，面纱上点缀价值昂贵的饰物，令我难以看清她的脸，不过看上去十分富有。此刻，堂弟对我说："你跟她走在前面，我随后，我们一起去一个墓地（还仔细地对我描述了墓地的情况）。你把她带到那块坟地去，在那里等着我。"因为我发了誓，不便多问，接着我就随那个女子来到墓穴中。我们刚刚坐下，我堂弟就带着一罐子水、一袋子石灰和一把镐头赶来了。堂弟进来后，拿锄头把墓穴中间刨开，石头堆到一边，接着深挖，直到一张大铁皮显现出来，铁皮下边有道楼梯弯曲着伸进地下，深不见底。堂弟转过头对那个女子说："进去吧，这是你唯一的选择。"这神秘女子顺着楼梯往下走，片刻之间便没了踪影。接着堂弟也顺着楼梯下去了。

等到不见了堂弟的身影，我就动手盖上盖板，照他的吩咐把坟墓弄成原来的样子。因为受酒精的刺激，这些事全是出于本能。第二天天一亮，我想起了头天夜里我同堂弟之间发生的事，深为自己同他干的这些事感到后悔，可后悔也没有用了。我到了墓地，一个接一个地找，不断地在墓地中来回转，结果却令我十分失望，怎么都找不到那个墓了。我一直找到天黑，也没有找到。我回到宫里，不吃不喝，心里总惦记着我的堂弟，害怕他真会发生什么灾难。这天我过了一生中最无助的一夜，双眼瞪得很大，一直到天亮。第二天清晨，我又一次来到墓穴，回忆着我与堂弟做的傻事，心里非常懊恼。我在墓地里不停地来回转，无论如何都找不到那个墓。我思忖着堂弟这么做到底是想干什么，懊悔自己不应当听他的话。我一直找了 7 天，还是一筹莫展。

愧疚的心情一天天地折磨着我，我处在崩溃边缘，简直都快发疯了。直到一天我才发现，除去返回父王身旁，我难以解脱。接着我就驱马回家，刚到我父王城邦的城门口，就有一伙人拥到我跟前，把我捆绑起来。最后，曾经的一个家奴对我说："你父亲倒运了！官兵起来造了他的反，宰相篡位把他杀了。"之后他们把我带到篡位的宰相面前。

他喊道："将他带上来！"宰相伸出手指捅瞎了我的左眼，从此之后我就变成如今这个模样。

随后，他又把我捆着，丢进一只箱子里，对行刑官说："把他带到荒山野岭杀了，去给野兽野鸟们当食物吧。"行刑官奉命把我带到荒漠。把我从箱子中抬出来，想蒙上我的双眼一刀砍了我。我忽然高声哭了起来，不停地哭，直到后来他也跟着哭了。行刑官原来是我父王的手下。先父对他恩重如山。他说："你逃跑吧，再也别回来。否则的话，你我都会没命的。"我简直不敢相信听到的话，尽管失去了一只眼睛，却捡回了一条命。我俯身吻他的手，表示感谢，然后逃到叔叔的国家，对叔叔诉说了父亲和我的遭遇。叔叔难过地哭道："这真是祸不单行啊！你堂弟已经失踪好几天了。我不知道他出了什么事，也没有人告知我他的下落。"此刻，我再也无法隐瞒关于堂弟的事了，从头到尾仔细地对叔叔说了。叔父听了我告诉他的有关他儿子的消息之后，非常高兴，就对我说："快领我去看看那块墓地！"这回，我们总算找到了那个坟墓，二人都十分高兴。把墓穴打开，我和叔父顺着楼梯走进去。中间有一张大床，床上躺着两具烧焦的尸体，他们依然紧紧地拥抱在一起。叔父来到床边，看到那两具被烧焦的枯尸正是堂弟和那个神秘女子。

这二人全身上下一片焦黑，肯定是经过了大火的焚烧。看到这个情形，叔父吐了口唾液，骂道："混账东西！这仅是现世的报应，还有来世更厉害的惩罚在等着呢！"叔父叹了口气，道："贤侄，我的这个儿子从小就异常地爱恋他的妹妹。我多次警告他，但心里一直以为'他们只是在玩小孩子过家家的游戏而已’。然而，他们长大后，居然有了乱伦关系。我一直不敢相信这样的事实，便将他关了起来，还想方设法威胁他。家里的仆人也劝诫他‘一定不能做出这种败坏门风的事情’。”

“我想方设法把他们兄妹俩相互隔离开来，不许往来。但是我那不知羞耻的女儿也疯狂地爱着她的亲生哥哥，他们二人如同着了魔，对一切置之不理。但是真主圣明，一把火结束了他们的罪过。他们的罪孽真是天理难容呀！”叔叔说罢，就哭了起来，我也陪着他哭。

我们二人从坟中爬上来，盖好盖板，培好土，照原样修复了那座坟墓，接着又一起返回城中。回宫刚坐下不久，就听到宫外战鼓咚咚、军号响彻云天，问过后才知道夺取了我父亲王位的宰相已把阿拉伯国家征服，这个时候又派大军来进攻叔父的国家。很快叛军便攻下城堡。叔父也让叛军给杀害，我却幸运地又一次逃掉，心里思忖：“我若是落到他手里，他一定会杀了我。”

我逃到荒郊野外，刮了胡子，换了衣服，潜逃出城，直奔这座城市而来，盼望有人能帮我找到敬爱的哈里发国王，并且告诉他我的故事。今天晚上我刚到，就遇到了这个流浪汉，我对他说：“唉，我是新来的。”他也回答说：“我也是新来的。”我们命运相同，走到了一块儿，后来又看到了第三个流浪汉，他说：“我是新来的！”我与第二个流浪汉也回答说：“我们全是新来的！”

于是我们三人结伴而行。直走到天黑下来，命运让我们来到敬爱的女主人的住宅。这便是我的故事。别人听完他讲的故事都感到非常惊奇，哈里发国王也对贾菲尔说：“真主啊，我从没听过或看过这般离奇的故事！”此刻，女主人也说：“拍拍你的头，便能够离开了。”但流浪汉说道：“不行！我得听听别人是怎么回事才走。”

接着，第二个流浪汉开始讲述自己的故事。

第二个流浪汉的故事

我也并非生下来就是一只眼。我的遭遇也够稀奇古怪、让人刻骨铭心、引以为戒的了。

同第一位流浪汉一样，我原本出身王室，是太子。我从小刻苦学习《古兰经》，并掌握了《古兰经》的7种读法。在当代学术界中，我的学识和成果出类拔萃，被认为是盖世奇才。

印度国王闻知我的学问之后，便遣使者携带重礼前来拜见我父王，求他允许我能前去印度讲学。我父亲为此安排了6艘大船，载上许多回礼和骆驼、马匹启程。我们飘洋过海走了整整一个月。然后，我在随从的侍奉下骑马向印度跋涉，卸下的礼物足足用了10只骆驼才能驮下。我们刚走了不久，旷野突然飓风骤起，尘土飞扬，遮天蔽日。等到风暴平息后，旷野中出现了50个如狼似虎的骑士，向我们迎面扑来。我们仔细打量，才知道他们是一群阿拉伯强盗。他们动手杀人掠货。我的一些仆从被杀死，余下的仆从则逃之夭夭，我自己也身负重伤，幸亏当时强盗被财物吸引，不曾注意我的逃跑，我才得以脱身。我走啊，走啊，走到了一座山头，躲进了一个山洞，呆了一夜第二天钻出山洞，继续逃窜，最后流浪到一座城市里。

我进了城，心中的石头也落下了地。我从一间裁缝铺门前经过，向裁缝店的老板打招呼。裁缝拦住我，关切地询问我的情况。我把自己的遭遇从头至尾都告诉了他。他听了我的遭遇，开始为我担心，说：“你这些事可不能再对外人讲了。我是担心这座城邦的国王会加害于你。因为这位国王是你父亲的头号敌人，他们之间原有仇隙。”随后他给我拿出吃的，陪我吃喝。我们坐在一起促膝交谈，直到深夜。他把我安顿在自己家里，并给我送来被褥和一些生活用品。这样，我就在他那里住了三天。

“那你就勒紧裤带，带着斧子、绳子到野外去打柴，回来卖些钱维持生计吧！真主会搭救你的。你只要不被人识穿身份，就不会再出什么意外了。”

他给我买了一把斧子、一根绳子，又带我去见一些樵夫，托付他们好好照顾我。从此我随樵夫们每天到山中砍柴。我就这样过了一年光景。

到了第二年年初的一天，我照常上山砍柴。我钻进深山中，发现一片林子里有很多干柴，其中有棵枯树异常粗大。我就顺着树根挖掘，刨开泥土，无意间斧子碰到一个硬东西。我把泥土刨开，发现那是钉在一个木盖上的铜环。我非常好奇，便揭起木盖，眼前出现一道阶梯。阶梯的下端有扇门，我沿着阶梯走到头，就看见：有一道门。我走进门后，就看见了一幢盖得很精致的宫室，屋中住着一位如花似玉的姑娘。我惊诧于真主的伟大，竟造出如此动人的姑娘，不由跪在地上虔诚地叩头。那姑娘看了看我，问：“你是谁？是人还是魔鬼？”

我把自己的真实身份和经历一五一十地向她叙述了一遍。她听了，对我的境遇深表同情，不禁难过得哭起来，说：“我跟你谈谈我自己吧。我本是国王艾菲塔穆斯的女儿。他是艾努斯岛的首领。不幸的是，就在洞房花烛夜那天晚上，被魔鬼吉尔吉斯劫走，他是莱基穆斯的儿子，伊卜利斯的孙子。他驮着我一直飞到这里，并把我囚禁起来。从那时起，他就给我提供我需要的衣服、首饰、吃的东西和一切日常用品。每隔 10 天他来一次，在这里住一夜。他曾告诉我，不管什么时候，无论我需要什么，只要伸手一摸写在屋顶上的两行字，他立刻便会出现。从他上次来这里到今天已有 4 天了，还有 6 天他就会再来。你是否能在我这里住 5 天，然后在他来的前一天再离开？”

“我当然愿意。”她见我答应她的要求之后很高兴，就站起身来，拉着我的手，领着我穿过一道拱门，走进一间典雅别致的浴室。她叫我坐在她身边的褥垫上，喂我喝麝香糖水，还拿出许多水果让我品尝。我和她边吃边聊外面的事情。

第二天，我和她已经如胶似漆，她问我：“喂！想喝点儿酒吗？”

“好啊，你把酒拿出来吧。”我回答。我已喝得酩酊大醉，神志不清，摇晃着起身执意要彻底拯救她，说：“现在我就去毁掉屋顶上的字迹，让魔鬼快来，我要和他拼个鱼死网破。我很擅长除妖呢！”闻听这话，她不禁大惊失色说道：“以安拉的名义起誓，你千万不可鲁莽行事，以免引火烧身，后悔不及。”

那时，我并没有在意她的话，反而向那圆顶屋狠踹了几脚。天空立刻黑暗下来，一时电闪雷鸣、风雨交加，地面晃动。这时我吓得清醒过来，问道：“怎么会突然这样？”

“魔鬼快来了。我不是警告过你不能这么轻举妄动吗？这下子你可害苦我了。不过，你还是自己逃命吧！你从你来的地方爬上去！”

我吓得魂飞魄散，转身就跑，却把鞋子和斧头落在地上。我刚踏上阶梯，听到一声巨响，地面裂开，一个恐怖的魔鬼钻了出来，问她：“你为何突然召唤我？出了什么事？”

“没什么。我只是一时烦闷，喝点儿闷酒。醉了，也不知怎么就碰到屋顶上的字迹了。”

“你这纯粹是胡说八道！”魔鬼剥光了她的衣服，把她的手脚绑在四根木桩上，开始折磨她。我不忍心她哭泣，恐惧不安地哆哆嗦嗦、踉踉跄跄地爬了出来，把木盖照原样盖上，拨土掩盖起来。我想起了那位女郎，她是那样美丽！她同那个该死的妖魔一道生活了25五年，他却那样折磨她，而他之所以那样折磨她全是由于我的缘故，想着我父亲和他的王位，想着我的身世，一时百感交集，忍不住伤心啜泣。

我匆忙间离开森林，径直回到裁缝的家里。我见到他时，他正好像热锅上的蚂蚁一般坐立不安地等着我。裁缝朋友说：“朋友，有个外乡人带着你的鞋子和斧头来找你。”

我听了裁缝的话，大惊失色，这时，地面突然裂开，里面钻出一个陌生人。我定睛一看，正是森林里的那个魔鬼，魔鬼拿着鞋子和斧头说道：“我既然是伊卜利斯的孙子吉尔吉斯，就一定会把这斧子和鞋子的主人捉来！”他去问过樵夫，然后找到了我的住处。他闪电般扑上来把我抓在魔爪中，飞向空中，最后落在林中，钻进我去过的那间地下室里。我渐渐回过神来，见到了那位姑娘一丝不挂地被绑在那里，遍体鳞伤、鲜血淋淋，见到此情此景，我不禁潸然泪下。魔鬼伸出魔爪抓住她的头发问：“这是不是那个人？”

“我生平从来没有见过他，这是实情。”

“既然如此，那你就拿宝剑把他的头砍下吧。”

她接过剑，走过来，站在我面前。我垂泪向她使着眼色，希望她别下杀手；她懂得我的意思，悄声说道：“这些祸都是你惹出来的。”我暗示：“此刻正是求你饶恕的。”

姑娘明白我的意思，丢下手中的宝剑，说道：“这个人我既不认识，人家也没有什么对不起我的地方，我怎么能忍心去砍人家的脑袋呢”？

魔鬼说道：“你不打算杀他，也不肯说出实话，这是人类互相袒护的表现。”于是他又回头看了看我，说道：“那你就拿这把剑去砍她的脑袋，我就会放了你。”我拾起宝剑，走到姑娘跟前，举起宝剑做势要杀她，我内心痛苦而矛盾，流出伤感的眼泪。我丢下手中的剑，说道：“凶残的魔鬼呀，一个见识短浅、情感胜过理智的妇道人家，她都不肯杀我；我作为一个男子汉，与她素昧平生，又怎么可以去砍她的脑袋呢？我是宁死也绝不会做出这种伤天害理的事情的！”

“你们两人肯定有感情。”魔鬼说着拿起宝剑，接连砍断了姑娘的双手和双脚。我目睹如此暴行，知道自己难逃一死。姑娘凝望我一眼，用眼神向我表示永别了，魔鬼一剑砍断她的脖子，然后回头瞪着我，说：“这天，我非杀你不可；临死前，你有什么要求，说吧。”

“魔王，求你像被嫉妒者饶恕嫉妒者那样饶恕我吧。”

“你在说什么？那是怎么一回事？”

嫉妒者和被嫉妒者的故事

从前有个善良、声名远播的人。他住在一座城市里，生活得幸福快乐。可是他的一个邻居，对他的幸福和美名十分嫉妒。嫉妒心越来越重，以至于达到饭也吃不下、觉也睡不着的程度。至于那个德高望重的好人，他的情况却并没有变坏，生活越过越好。被嫉妒的人听说隔壁的人嫉妒他、算计他，为了避免与邻居冲突，平息他的嫉妒和危害，毅然决定离开家乡，迁到别的城市去居住。

他在那里为自己买了一块地，修建了房屋，购买了家具和日用品，并在原来的一眼枯井旁建起了一座小清真寺，在里面虔诚信教，乐善好施，过着安静的生活。他在那座城里名声大振。后来，有关他的事也传到原先嫉妒他的那位邻居的耳朵里。那家伙听说他现在过得那么好，也混在人群中去看他。他热情地款待他们。那个嫉妒者趁机对他说：“我从家里来是有重要的事要告诉你，给你报喜来了。走，到屋外去说。”

他信以为真，拉着嫉妒者的手，两人走到小清真寺的尽头。嫉妒者趁他不备，猛力将他推下井去。嫉妒者以为对方必定淹死无疑了，就出门溜走了。

谁料，几位神仙原本就住在枯井里，他跌进井里的时候，被神仙接住轻轻托到一块大石板上，因此毫发无损。当时，一个神仙问道：“你们认识这个人吗？”

“不认识。”其余的神仙回答。

“这是被嫉妒者推下井来的那位好人呀。他搬到我们城中来居住，建了这座清真寺，在里面修行。有关他的消息昨天晚上就传到了这座城邦的国王那里。国王为了公主的事，正打算明天拜访他呢。”

“公主怎么了？”

“公主被魔鬼迷住了。他若是知道治她这种病的药方，就一定会把她治好，其实这个药方非常简单。”

“她需要吃什么药呢？”

“这位好人养着一只黑猫，猫尾巴尖上有一块银钱大小的白点。他若是从那上面拔出 7 根白毛，点着了熏一熏她，她就可以永远摆脱病魔而立即痊愈；恶魔从此就会离她远去。”

神仙的谈话被这个好人记在心里。第二天清晨，他从井中钻出来，捉住黑猫，从尾巴的白斑上拔下 7 根白毛，用纸包好。太阳刚从东方升起，国王便亲率众臣和卫队来家里拜访他。他恭谦地出门迎接国王，快步迎向国王。施礼毕，他说道：

“您来看我，实际上是要向我打听如何医治公主的疾病。”

“对！忠厚的老人，你一猜就中了。”

“请陛下现在就派人去把公主接来。愿真主保佑，我想她马上就会被治好的。”

国王一听这话，非常高兴，派侍从把被铐着手脚的公主接来。好人让她坐下，用布把她罩起来，拿出白毛点燃向她一熏，公主脑中的病魔被驱走，恢复了神智，她慢慢睁开眼睛，捂着自己的脸说：“这是怎么回事？是谁把我带到这儿来了？”国王欣喜若狂，吻了公主的眼睛，然后又吻了好人，随后转身向着朝臣问道：“你们说，对于治好公主病的恩人该当如何？”

“应该把公主嫁给他。”

“不错，你们说得对。”

国王就把公主嫁给了他，他一夜之间就成为驸马。过了不久，宰相病死了，国王询问朝臣们的意见，问道：“我们选谁来做新的宰相?”“让驸马爷当吧。”群臣众口一词地答道。结果他做了宰相。又过了不久，国王驾崩，朝臣们商讨王位的继承问题，问道：“选谁做我们的新国王呢?”“选宰相吧。”朝臣意见一致。这样一来，这位受人嫉妒的人又成为一呼百诺、权倾朝野的国王。他爱民如子，成为一个英明而受百姓拥戴的君王。有一天，他乘车外出，文武百官、大队人马前呼后拥地保驾随行，声势浩大。他忽然看见那个嫉妒成性的家伙也在人群中看热闹，便吩咐道：“去把那个人带来见我，不过别吓着他。”随从听到命令，把嫉妒者带到国王跟前。国王吩咐宰相：“把国库里的钱取1000金币，再打点十驮货物赏给他，派几个人送他回乡。”最后，他依然和气地为他送行，离他而去，对他过去对自己的伤害毫不追究。

“魔王，你瞧瞧那位受人嫉妒的人对那个原先嫉妒他的人的宽恕。”我就在那个妖魔面前鼻涕一把、眼泪一把地大哭起来。

魔鬼听了我哀求，说道：“你少废话！死么，你倒不必担心了，至于完全饶了你，这你也不用痴心妄想，我总是要对你施行一些魔法的。”我被带到 座山上。魔鬼抓起 把沙土，喃喃有词念咒，把沙撒在我身上，说道：“把这个人变成一只猴子吧。”我应声变成一只百岁老猴。

我不禁为自己的遭遇大哭一场。可我对这个世界的不公只好忍耐。我爬到山脚，突然发现风平浪静的海中有一艘船正顺风向岸边驶来。我立刻躲在一块大石后面，等船靠了岸，才纵身一跳，跳到了船中。一个乘客见到了我就喊说：“快把那不吉利的东西踢下去。”另一个人说：“咱们把它杀了吧。”第三个人说：“用这把宝剑砍吧。”我扯着船长衣服的下摆，泪流满面地哭了起来。船长可怜我，说道：“各位朋友，这个猴子把我们当成救星，我愿意救护它。以后就让它在我身边呆着，你们不要杀死它，也不要虐待它。”于是船长收留了我，他说什么我都能听懂。我在船上伺候他，他叫我干什么我就干什么，他很喜欢我。

船一路顺风走了50天，来到一座城市，城中人烟稠密。我们一到，船刚抛锚，国王手下的一些官员就朝我们走来，说道："陛下祝你们平安来此。他吩咐我把这卷纸送到船上，请你们每人在纸上任意写一行字。因为给国王作笔录的大臣去世了，国王就指天发誓要找一个能写一手像他那样书法的人来继承职位。"商人们接过那张一尺长、一丈宽的纸卷，凡是会写字的都写了一行字。最后，早已经变成了猴子模样的我站起身来，一本正经地走过去，夺过纸卷。他们怕我弄破纸卷，赶忙制止。我示意我也要写字，于是船长说："让它写好了，它若是胡画乱涂，我们就让它滚蛋；它若是写得好，我就收它当儿子。我还从没有见过比它更通人性的猴子呢。"于是我手执墨笔，用好几种字体写了几段诗词。

写完，我把那卷纸交给那些官员，他们就将它呈交给了国王。国王看了，最为欣赏我的书法，吩咐使臣们："你们准备鼓乐，携带华丽的衣服，牵上骡马，用盛大的仪式把这位书法家接到宫中。"

"陛下所要迎接的那位书法家不过是只猴子。尽管这些字漂亮飘逸，但却并不是人写的，是船长带来的一只猴子写的。"

"你们说的这话是真的吗？难道猴子也会写字吗？"

"真的，安拉作证，这是千真万确的。"

国王听后，感到既惊诧，又兴奋，好奇地说道："我要买下船长的那只猴子。"于是他派使臣奏起鼓乐，带上衣服和马去船中迎接我，并吩咐他们："你们一定要让它穿上这套衣服，把它顺利接进宫来。"

使臣们一行人就来到船上，向船长说明了国王的意愿，然后给我穿上衣服，让我骑骡子，把我送到王宫去。人们听说有如此怪事，争先恐后地出来看热闹，全城都闹得沸沸扬扬的，好像翻了天。到了国王面前，我跪下去吻了三次地面。国王让我坐下，我便跪在地上。众臣见我居然懂得礼貌，都感到惊奇，国王也怀着好奇心观察我的举动。

国王让左右退下，只留下一个太监和一个小童在旁伺候。随后设宴款待我，菜肴极其丰盛。有山上跑的走兽，有空中飞的飞禽，有笼中的家禽，珍馐美味，不胜枚举。国王让我随意选用，我就又站起身来，跪下去吻了地面，然后端坐着吃起来，吃后我站起来，仆人把盛在玻璃杯中的葡萄酒呈给国王，他喝了一口之后递给我，我接着跪下去吻了地面，仰脖一饮而尽，随即又执笔写诗。国王读了我写的诗大为惊奇，国王拿来象棋，问道："你愿意和我对弈吗？"我点头表示愿意。于是我和国王下棋。下了两局，国王两次输给了我，他更为大惑不解。随后我又拿起笔墨，在棋盘上提了这几句诗。

国王读了诗，又惊奇又兴奋，又感到惶惑不解，就吩咐身旁的太监说："快把公主请来。告诉她，让她来看看这只猴子。"很快，小童带着公主出来。可是她一见我，便用面纱遮住面孔，说道："父王，你心里是怎么想的？怎好打发人来叫我在男人面前抛头露面呢？"

"没有啊！"国王吃了一惊说，"这儿就只有仆童和太监，都是你熟悉的人呀。"

"这个猴子是个青年王子"，公主道，"他父亲是位国王。魔鬼吉尔吉斯在他身上施了魔法，并杀了自己的妻子——艾菲塔穆斯的女儿。你所说的猴子实际上是一个通今博古的才子。"

听罢公主的话，国王大为惊奇。他回头看我一眼，问道："她所说的是否确有其事？"我点头表示"是"，于是我忍不住伤心痛泣。国王问公主："你怎么会知道他是中了魔法的呢？"

"父王，在我小的时候，有个精通魔法的老太婆教过我一点儿魔法。我认真研究那套魔法，懂得其中的 170 种法门。"

"女儿啊，以我的生命起誓，你快救救这个青年。我要让他做我的宰相。他是一个聪明可爱、博学多识的青年。"

"好的，我这就解救他。"

公主抽出一把刀，在地上画了一个圆圈，在圈中写了几句咒语、几道符咒，然后凝神舒气，沉思默想一番，她口中念念有词，谁也听不懂她究竟说了些什么。她念了约一盏茶工夫，天空逐渐黑暗起来，接着那个魔鬼倏地出现在我们面前，他的手臂像树干、双腿像桅杆、眼睛像灯笼，叫人一见就害怕。公主对他说："你是个应该诅咒的家伙！"立刻，魔鬼变成一头狮子的模样，狮子张开血盆大口，直向公主扑去。公主眼疾手快，迅速拔下一根头发，晃动着念咒语，头发立刻变成一把锋利的宝剑，公主持剑去砍狮子，狮子一下被劈成两半。可是狮子的头一落在地上就变成一只毒蝎，紧跟着公主也摇身一变，变成一条大蛇，追赶蝎子，两人激烈拼斗。继而魔鬼变成鹫，公主变成兀鹰，兀鹰向鹫追逐。那鹫又变成黑猫，公主则变成一只大灰狼，双方又在宫中厮杀了一阵子，那猫眼看自己招架不住，就又摇身一变，变成一个又红又大的石榴，落在宫中的喷水池里，狼一路扑去，石榴缓缓升到空中，随即落到地上，摔得粉碎，石榴子撒在地上。狼摇身变为公鸡，啄食石榴子，把石榴子全都吃光，一粒也不剩。这时，雄鸡振翅长啼，摇头向我们示意，随后大叫一声，震耳欲聋，似乎宫殿就要塌下来，压在我们身上。它四处寻找，最后发现一粒石榴子落在池边草丛中，便奔了过去，刚要啄食，这粒石榴子又滚入水中，变成一条小鱼，潜到池底去了。公鸡立刻变作一条大鱼，循迹追了下去。过了一会，忽听一声咆哮，吓得我们个个心惊胆战，随之那个妖魔浑身是火地钻了出来，他一张嘴，喷出来的是火，两眼和鼻孔也都冒着火与烟。随后公主也变成一个火球，出现在他后面，双方以火对攻，火势越来越旺，宫中弥漫着火和烟。我们惊恐万状，唯恐被火烧死，想跳进水池里去躲避。

后来，那魔鬼大吼了一声，就窜到了大厅，来到我们跟前，朝我们的脸直喷火。公主在后面追击。我们被两团火焰包围。公主的火焰不伤害我们，魔鬼的火焰却烧瞎了我的眼睛，烧焦了国王的脸颊、胡须和嘴唇。，还有一股火喷到太监的胸口，结果把他当场烧死了。我们狼狈不堪，都认为在劫难逃了。情势万分危急之时，突然有个声音颂道："安拉最伟大！安拉最伟大！他指引我们征服邪恶。"话音一落，魔鬼被公主的火焰烧死，霎时化为一堆灰烬。

公主朝我们走来，说道："给我端一碗水来！"水端来了，她对着那碗水念念有词，说了些什么，我们也听不懂。然后，她将水洒在我身上，说道："凭真主的权力和他的英名，恢复你的原形吧。"公主念罢，我浑身一颤，霎时变回人形，恢复了从前的模样。遗憾的是，我的一只眼睛已被魔鬼的火焰烧瞎。

公主说："父王！我就要死了。我走后，安拉会再给你一个女儿的。"公主说罢，便不停地呼救，希望免遭火焚。可是只见一团黑乎乎的火焰扑到她的胸前，又烧到她的脸上，她终于被火烧死，成为一堆灰烬。

国王见公主被烧成灰烬，捶胸顿足，呼天喊地，撕扯衣服，拉拔胡须，号啕痛哭。我也放声大哭，泪如泉涌。国王的侍从和众臣闻声赶到，见国王已濒临死亡，地上有两堆灰烬，吓得大惊失色，慌作一团，赶忙围着国王进行抢救。

过了好半天，国王才苏醒过来。后来国王为公主举行了盛大的葬礼。丧葬完毕，国王由于伤心过度，便大病了一场，卧床不起，几乎一命呜呼。

整整病了一个月，国王才恢复健康，被烧的胡须也稍稍长出来些。他召我来到床前，对我说："小伙子，你没有到我们这里之前，我们一直是太太平平地过着非常幸福安逸的生活的。由于你，我却弄得家破人亡。首先是我失去了我那胜似一百个男子汉的公主；我再见到你，我会杀了你的！"

我辞别国王，走出这个国家。我漫无目的地前行，跋涉了一个月的路程后，在城中遇着裁缝；森林中密室里与姑娘相遇；几乎被魔鬼杀害……一切，从头到尾我都想起了来。最后我赞美安拉，叹道："失去了一只眼睛，却留住了一条命。”此后，我走南闯北，开始流浪。我经过许多城市，后来到达巴格达，但愿可以在这里找到敬爱的国王哈里发，对他说说自己的命运。就是在这儿，今天夜晚，我遇见了这第一个流浪汉。我和他打招呼，于是便说了起来，很快就成了朋友，然后又碰到了第三个流浪汉。他和我们二人打招呼：“你们好，我是新来的。”我们二人也跟他打招呼，回答道：“你好，我们都是新来的。”尽管我们三人互不知彼此的来历，然而命运之神让我们相遇，而且来到敬爱的女主人的住宅。这便是我的故事。

女主人听完以后说：“你的故事是够离奇的了。拍拍你的头就能够离开了。”

但他说：“我想听完别人的故事再离开。”

此刻第三个流浪汉走上前来说道：“光彩夺目的女主人，我的经历同他们俩的经历不一样，但是比他们的还要精彩，简直不可思议。请听吧——”

第三个流浪汉的故事

我原来也是一个王子，名叫阿吉布，是国王卡齐布的儿子。父王驾崩之后，我便承袭了王位。继位以后，我秉公执法，善良地对待人民。我这个人生来喜欢航海旅行，并且国都恰好又在海边，也成就了我的梦想。我想到大海中间的许多岛屿上巡视一番。我准备了一艘军舰，50 个商人，150 艘战舰打算随时和异教徒进行战斗，除此之外带了 50 艘快艇供玩乐使用，带了足够一个月的吃食，我便出发了。

我们驶到了一片奇特的海域，船长也迷失了航向。我们叫瞭望员爬到桅杆上认真察看海况。瞭望员爬到桅杆上以后，很快就对我们叫道：“报告船长，我看到右边的水面上有一条大鱼；我再往前看，只见远处是黑乎乎的一片，却又时而显得发黑，时而显得发白。”

船长回答说：“尊敬的国王，明天天黑我们便会到达一座黑石山，也称为磁铁山。由于磁力吸引的原因，海浪会不知不觉地把我们身不由己地卷到那座山底下海浪会推向那座山，到达磁场范围以内，大船船体便会裂开，由于磁铁山会把船上所有的铁钉都吸过去。那座山究竟含有多少磁铁？这只有真主知道。只要是铁的东西都会让它吸走。自古以来不知有多少船只毁在那座山峡下。山顶有一座被 10 根铜柱支撑的铜质圆顶，顶上有个骑士骑在一匹铜马背上，手拿铜矛，胸部挂着一块铅牌，牌上刻着咒符。国王陛下，只要这个骑士还骑在马上，那么在他下面过往的船只就会船毁人亡，船上所有的铁器都会粘到山上，除非这个骑士从那匹马上掉下来，人们才会脱险。”

第二天一早，我们靠近了那座山。浪花越来越大，不断击打船身。很快，船漂至山脚，只看到船身迸裂，全部的铁钉都向山飞去，船绕着磁铁山旋转直至傍晚，最后零散破碎、沉到海底。我紧紧抓着船上的一块木板，风浪最后把我推到山脚下，我看到了一条通向山顶的羊肠小道。不久我便爬上了山顶。山顶除去一座圆屋顶外，没有其他栖息的地方。我来到屋顶下，跪拜两次，感谢真主，保佑我安然无恙。不知不觉中，我躺在屋顶下睡着了。朦胧中听到有个神秘的声音对我说：“卡齐布的儿子，你醒来后，就朝脚下的地方挖掘，那时，你会发现一张铜弓和三支刻有符咒的铅箭。你要拿起弓箭，朝着圆顶大厦顶上的那个骑士射去，那样一来，你就可以让过往的人们从此摆脱那种大灾大难了。假如你能把铜像射到海里，铜马就会落到你的脚边。你必须把铜马埋到弓箭曾经埋藏的地方。之后，海水便会暴涨至山顶，很远的地方将有一个手握双桨的铜人朝你划船驶来。别担心，他会载上你，走上 10 天光景，把你送到安全的海域。到了那里，就会有人把你送回家乡了。记住！只要你不念诵真主的名字，这一切就不成问题了。”

我从梦中醒来后，便兴奋地爬起来，照着梦中听到神秘人的指点找到弓和箭，很快，我把铜像射到海里，铜马也落在我的脚边。埋葬铜马后，正如神秘人所言，海水马上涨起来，很快就漫过了山顶，不久，从很远的地方有一叶小舟朝我驶来，我禁不住感谢真主安拉。待船驶近，我看见里面有一个铜人，胸前挂着一块刻有一些名字和符咒的铅牌。我默不作声地来到船上。铜人带着我在海上行驶了一日又一日，直到航行了 10 天后，我终于看到了平安岛。兴奋异常的我不由自主地喊了出来：“安拉！安拉！世上没有救世主，唯有真主安拉！……”当我忘乎所以地正喊着的时候，小舟却把我抛进海里，返回去，消失了。

尽管我水性很好，然而在游过一个白天又一个晚上后，胳膊早已酸痛无力、极为疲惫了，我以为这回可是必死无疑了。我感到死神已经朝我慢慢逼近，这时，风狂浪大，海上波涛汹涌。一个浪头大得竟像城堡一样，浪头卷来，把我托起来一冲，真是命不该绝，竟把我冲到了陆地上。我爬到岸上，拧掉衣服上的水，把衣服铺开晒到地上，躺在地上睡了一个晚上。第二天早晨，我起来穿好衣服，思量着我该向何处去。一片小树林映现在我的眼前，走上前，却发现自己置身于一个周围环海的寂寞岛，正当我以为必死无疑时，我看到远处有一艘乘满了人的船正朝着我所在的这个岛驶来，接着我爬上树干察看动静。船靠岸以后，有 10 个身上背着铁铲的奴仆走下来，他们来到岛的中央，开始挖起来，他们不断地挖，没过多长时间，一层金属夹板便显现出来。他们掀起夹板，打开一道门，重新回到船上，搬来面包、面粉、蜜糖、水果、黄油、饮品等一些东西，还有家具、桌子、镜子、地毯等所有的家居用品。接着进门下去了。待食品物品全搬进地下后，其后，他们又搬运出一些最华丽的衣服，簇拥着一位耄耋老者下了船。那老人已是风烛残年，老朽不堪了。

这位七八十岁的老人还领着一位英俊少年，衣着异常华丽，举止优雅，姿态如破春的新芽，让人觉得新鲜。任何人看到他都会情不自禁地爱上他的，这老幼二人来到洞口，瞬间便不见了踪影。过了约有一个时辰，那些奴隶和老人爬了出来。只是不见了英俊少年。他们把洞口的门关上，然后封上柏木，一切恢复成原样后就坐船消失在茫茫的大海无边尽头里。

待那些人走后，我便从树上爬下来，走到洞口前，耐心地扒开土直到挖出最后的金属夹板。我把门打开，发现下面是弯弯曲曲的石阶梯通向地下。我感到很惊奇，便沿着阶梯走下去，来到一个宽敞通亮的大厅，方才英俊少年在床上坐着，背倚软垫，手拿香扇。那少年见到我，吓得脸都白了。这时，我主动和他打招呼，温和的说："别害怕，我不会伤害你的。您能告诉我：你怎么会独自一个人住在这地底下的呢?"

当他确信我与他一样都是人类之后，非常高兴，他拉我坐在他的身旁，对我说："我的故事十分离奇。我父亲是个珠宝商人，家里十分富有，拥有许多奴仆，在世界各地的海上、陆上为他做生意，然而他却身无子嗣。有一天夜里，他梦见将有一个短命的孩子，就哭着喊着醒了过来。第二天夜间，母亲就怀孕了，父亲记下了怀孕的时间，到了时候，便有了我。父亲老年得子，喜出望外，便大摆宴席，对穷苦无靠的人也都予以款待。还特此请来占星家和各地名流占卜术士。他们问过我的生辰八字后，对父亲说：你儿子活到 15 岁时将有一场大难。假如可以平安过此关，必将长命百岁。他如果夭折的话，其原因就在于死亡海里有一座磁铁山，山上有一个铜人骑在铜马上的塑像，那骑士身上还挂着一块铅牌。什么时候那个铜人从铜马上摔下来，过了 50 天后，你的儿子便会死，凶手就是那个把铜像射进海中的人，名为阿吉布。他是一个王子，是国王卡齐布的儿子。听完他们讲的话，父亲十分难过，这趟他对我更加悉心照料，让我享受最优良的教育，穿最好的衣服，把我抚养长大。我现在已经 15 岁了。10 天前，我父亲听到一个消息，说是那个铜骑士已经掉到海里去了，把铜像射进海中的人正是卡齐布的儿子阿吉布。父亲觉得大祸将至，十分难过，整日郁郁寡欢、极度悲伤。他害怕我遭遇不测，就建了这样一个地下住所，把我藏起来，并搬来一切生活必需品，但愿我可以躲过这场灾难。如今已经过了10天，只要再过40天，假如我平安无事，他便再过来接我。这所有的一切全是由于担心阿吉布王子。这便是我为什么单独一个人在这儿的缘由。”

我对他说：“我的朋友，你一定会逢凶化吉、平安无事的。我会陪你度过这余下的40天，然后我再离开。”

就这样，白天、晚上，我都陪着他，过了好些日子。在第40天的晚上，少年觉得有点儿困乏，接着我又铺好床让他躺下。

少年接着说：“大哥，你去切一个西瓜，拌上糖，拿来，咱们吃，好吗?”

我到储藏室取来西瓜，放在盘子当中，递到他跟前问道：“你有刀吗?”

“刀在我头上方那个柜子上。”

我急忙爬上去，拿起刀，握在手里，想转身下来。然而我脚下一滑，沉重地跌在少年的身上，更糟糕的是刀仍然在我手中握着。所有预言都在这一瞬间应验了。或许这都是命中注定，在劫难逃。在这第40天的夜晚，我手中那把锋利的刀，竟然一下子就刺进了他的心脏，他当场死亡。看到少年死在我手里，我禁不住大声痛哭起来。我认为是我杀死了那个少年，就沿着阶梯爬出了那个地洞，又用土把它盖好，恢复到原样。此刻我望着海面，发现海上一艘船驶来。我知道是少年的家人来了，不禁害怕起来。我爬上树躲了起来。我刚在树上坐定，船就靠岸了。奴仆们簇拥着老人，朝洞口走来。他们刨土的时候发现土还很松，感到非常吃惊。打开门走下去一瞧，于是他们发现那个孩子洗过澡之后脸上很光洁，衣服也干干净净的，胸口却插着一把刀，躺倒在那里。看见少年惨状，所有的人都尖叫起来，悲痛地哭着，高声咒骂凶手，老人哭昏了。大家都以为老人已经跟儿子一起去了。最后，众人他们给那个孩子穿好了殓衣，又在尸体上蒙上一块绸子，就把他往船上抬。老人醒了，望着裹在丝绸中的儿子，他再次哭昏在地。他伤心地抓着土往头上撒，接着打自己的脸，撕扯自己的胡须，悲痛欲绝，再次昏死过去。奴仆们取了丝绸，在老人身边坐下。我趴在他们头顶的那棵树上，把这一切都看在眼里。那种悲哀、痛苦真使我感到五内俱焚。

这位七八十岁的老人一次次地哭昏过去，直到傍晚才苏醒过来。想到儿子凄惨的遭遇，老人哽咽着，一口气没缓过来，居然也断气而亡。奴仆们见状都哭喊着他们的主人，悲伤地抓起土，往头上扬，一边失声痛哭，一边把他抬进船里，放在他儿子尸体的旁边，然后船扬帆起航，渐渐远去。看着他们远远离去的身影，我才跳下树，返回洞中。洞中一切如故，少年的音容笑貌仿佛犹在。

以后的日子里，我往返于于此，白天在岛上游荡，到了晚上，我又钻进那个地下室过夜。这样的生活维持了一个月。直到一天，我发现那里的海水一天天往下退，地面则一点点露出来。到了月底，居然露出陆地来。我发现那里是一片沙漠，一个个沙丘，骆驼走过去，细沙可以没过膝。我振作精神越过沙地，看到很远的地方不停地有火光闪烁。我朝着火光走去。

走到火光跟前，我才发现原来是座皇宫，宫门是黄铜做的，太阳光照在上面，明晃晃的耀眼，远远看去，就像火光一样。我十分高兴，急忙奔到宫门跟前坐了下来。我刚坐下便看到 10 个身穿华丽衣服的小伙子拥着一位老人向我走来，不过那些小伙子全都瞎了左眼。他们把我带入王宫。我看到宫中摆着 10 张高床，每张床上都铺着蓝色被褥。所有床的中间还摆着一张小床，也铺着蓝色被褥，除此以外，空空荡荡，别无他物。

我们进屋之后，每个青年都上了自己的床，老人坐到中间那张小床上对我说：“小伙子，你自己坐在地板上吧。关于我们的情况，即我们为什么会瞎了一只眼这件事情，你不要打听。”说完就端出肉食，分给每个人，我也有一份。我们边吃边聊天，我不停地对他们讲我的故事，不觉中已是深夜。小伙子说道：“老爷子，做功课的时间到了。”老人说：“那好吧。”说罢，他起身走进宫中的一个套间里，头上顶着10个盘子出来了，每个盘子上都盖着蓝布。老人把10个盘子依次放到10个年轻人跟前，点燃10根蜡烛，掀开盘子发现里边装的全是灰烬、炭灰和锅灰。只见10个小伙子挽起袖子，一边放声大哭，一边用那些煤灰之类的东西往脸上涂抹，还一边撕扯着身上的衣服，而且哭叫道：“我们本来好好的，为什么要这般好奇！”他们一直这样折腾到天快亮，老人才起身为他们烧了热水，让他们洗脸、换衣服。我终于抑制不住自己过分的好奇心，盘问道：“你们若是再不能消除我的烦恼，把你们往脸上抹黑灰的道理告诉我，我就要离开你们了。”

于是他们无可奈何，只好说：“小兄弟，记住，假如你遭受不幸，我们将爱莫能助。也不会再留下你。”接着他们找来一只公羊，宰了后，剥了皮，然后送给我一把刀，说道：“拿着羊皮，我们将你缝到羊皮中，到时候将有一只大鹏把你叼到一座大山上。大鹏着陆后，拿这把刀割破羊皮出去。大鹏见到你，会吓跑了，而把你丢在那里不管。你不用担心。再向前走大约半天工夫，你将看见一座富丽堂皇的王宫，王宫直入云霄，构造牢固，墙面都用黄金粉刷，而且镶嵌着奇珍异宝。你走进去，就可以达到你的目的了。你自己去试一下吧。”

听完他们的话，我十分兴奋。他们就照说的那样打点起我来。照他们说的，大鹏鸟把我抓起来，落到了那座山上。从羊皮里出来以后我不停地向前走，一直到达一座王宫跟前。宫门开着，我径直走进去，到达一个宽大明亮、富丽堂皇的大厅，厅大得就像跑马场，里面有100个房间，每一个房间的门全是由檀香木制成的，门上漆着黄金，还有银制门环与把手。大厅尽头站着40个姑娘，个个长得像月亮一样美丽。衣着华丽。她们是如此美丽，以致让人过目难忘，百看不倦，并心甘情愿做她们的奴隶。看到我后，她们一同朝我走来，说：“欢迎，我们的朋友！我们已经等你一个月了，感谢安拉把你赐予我们！”

然后她们让我坐在一张很高的床上，对我说：“今天你便是我们的主人，我们全是你的奴仆，有事情照直吩咐就是了。”我听了非常惊讶，此刻一个姑娘起身端来食物，我们一起吃饭。她们一会儿给我热水，一会儿给我洗手擦脚换衣服，其他的少女则给我呈上美酒，全围拢我的四周，高兴地忙碌着，好像所有的姑娘都对我的到来感到高兴。忙完后，我们坐下来，边吃边谈直到傍晚来临，接着她们中的5个姑娘起身摆上许多鲜花、水果、干果，还准备了美酒、佳酿。姑娘们唱歌跳舞，自娱自乐。我彻底陶醉在喜悦中，忘记了世俗的苦恼与愁闷，肆无忌惮地说：“当初我们不认识你该有多好！如果你只是听说有关我们的事，那对你倒更好。”

大伙儿狂欢至半夜，她们说道：“主人，在我们中选一个伴您共度良宵吧，以后的40天里，每天晚上你都能选择我们当中的一个。”接着我选了一个相貌漂亮、身材姣好的姑娘。她的双眼含情脉脉，美丽的头发长而漆黑柔亮，两唇微张，额头生得恰如其分。她仿佛生来就为了诱惑男人，漂亮得难以形容。我和她度过了一生中最快乐的一夜。第二天清晨，姑娘们又领我去晨浴，为我换上最好的衣服，伺候我吃饭。我们又一起吃喝至半夜，那天晚上我又选择了一位美丽的姑娘欢度良宵。就这样，天天和这些姑娘在一起，过着神仙眷侣般的快乐生活，花天酒地，歌舞升平，晚上有美女相伴。直到新年将至的时候，她们突然哭着来与我告别，紧紧搂着我不放。我纳闷地问她们：“究竟是怎么回事儿？我的心都碎了！”

“我们都是来自各国的公主。我们聚集在这里已经好多年了。我们都要离开这里40天，40天后再回来度过剩下的日子。我们在这儿花天酒地，过得自由快乐。如今又到我们离开的时间了，我们担心的是：在我们不在的时候，你会违背我们对你的吩咐。此刻我们将王宫的钥匙给你，王宫里有40个房间，你能够开任意39扇门，但是千万别打开第40扇门。否则你就会见不到我们了。”

我就向她们保证：“我绝不打开第40扇门!”

接着，其中一位姑娘来到我身旁，搂住我的脖子痛哭起来。

看到她哭，我可怜而又疼惜地说：“我绝对不会去开第40扇门!”告别以后，40个少女突然像鸟一样飞到空中，离开了宫殿，她们边飞边依依不舍地挥手和我作别，很快便消失得不见了影踪，仅剩下我独自留在宫里。

到了晚上，我开了第一道门，走进去一看，发现那里简直不啻人间天堂。里边果树成荫，树上挂着青的、红的水果，春天景象妩媚动人，好似仙境，这种情形让我心情舒畅、精神愉悦。我散步在树林中，闻着花飘出来的香气，沐浴微风，听着鸟儿欢快的叫声；来到一棵苹果树旁边，苹果一半红一半黄非常诱人。还有满树的李子，好似一颗颗璀璨的红宝石，令人赏心悦目。欣赏完了之后，我走了出来，把库房的门按照原样关好。

第二天，我打开第二扇门，看到里面有好大一片旷野，高大的棕榈耸立，一条小河欢快地从旁边流过，小河两边满是灌木，四周开满了玫瑰花、素馨花、香薄荷、长寿花、水仙花、紫罗兰，微风拂过，花香四溢，心旷神怡。欣赏过后，我又把库房门照样关好，又打开第三道门。在这儿有个大厅。地上铺着彩色的大理石，门窗、家具、摆设都是用金子做成的，上面镶嵌着各种珍珠宝石。厅内挂着檀香木的鸟笼，笼子中的各种鸟儿都在唱着悦耳的歌曲，这一切令我心花怒放，诸般烦恼都随之一扫而光。我在那里睡了一夜。

次日早晨，我又打开了第四道门，发现那里有一个很大的房间，房间内又有40个敞着门的小房间，我走进去就看见柜子里面是各种珍贵无比的珠宝玉石，什么珍珠、红宝石、黄玉、祖母绿……真是数不胜数，看得我眼花缭乱，目瞪口呆，禁不住叹道：“喔！就是在帝王的宝库里也找不到这么多名贵的珠宝呀！只怕世界上所有君王的珠宝加在一块儿也比不上这儿的。”这个时候我已彻底忘掉了生活的悲伤，心里琢磨着：承蒙安拉恩赐，这儿的财富都是我的，我是当世的王中王。不但珠宝全归我，还有40个无与伦比的美丽姑娘，如今我是世界上最幸福的君主了。就这样，我在这些宝库之间转来转去，不知不觉过了39天，我一个房间挨着一个房间看，欣赏完了39个房间里所有的东西，只剩下公主百般嘱咐不让打开的第40个房间了。

离约定的日子只有一天了，我的内心里一直被第40个房间所深深吸引。心魔不停地鼓动我去打开这扇门，我实在耐不住，就来到那扇门前，踌躇着打开门走了进去，房里全由黄金粉刷。突然一股从未闻到的香味儿扑鼻而来，浓烈的香气就像醉酒一样令我昏倒。约有一个时辰才醒过来。我打起精神继续前行，发现地上铺着黄地毯，金色的烛火和油灯将房子照得灯火通明，房间内弥漫着麝香和龙涎香，还有大香炉，炉里焚着麝香、龙涎香、沉香……香烟缕缕，香气四溢，馥郁醉人。我还看到一匹黑马，系皇家御马，鞍辔完备，黄金的马鞍，骏马前有两个水晶食槽，一个槽子里盛着剥了皮的芝麻，另一个槽子则盛麝香蔷薇水。骏马好像预备马上出发。我看后不禁惊奇，自忖道：这匹马肯定有奇异的来历。鬼使神差地我竟把那马牵了出来，并骑了上去，然而马却一动不动，我双腿一夹用鞋跟拍了拍马，之后，骏马打了一个响鼻，居然张开双翅，向空中飞去。一小时后，骏马才落在一个屋顶上，把我摔下来，又用马尾抽打我的脸，抽瞎了我的左眼之后，便离我而去了。

我走到屋顶，看到屋内十个独眼汉坐在自己的蓝床上。看到我以后，他们对我喊道：“这里不欢迎你！你必须马上离开！”说着他们把我撵走了。

我觉得简直是走投无路了，接着我剃光头发、胡子和眉毛，来处罚自己，警醒世人，开始了流浪的生活。今天晚上才到达巴格达，遇到了前两个流浪汉。我上前打过招呼，我们有着相同的命运——全瞎了一只左眼，很快便走到了一起。敬爱的女主人，这便是我丢掉一只眼睛的故事。

女主人说："拍拍你的头，便能够离开了。"

但是他说："我要听了这些人的来历才走。"

接着女主人对哈里发国王、宰相和行刑官说道："你们也将自己的故事说来听听！"接着贾菲尔把他进门时对看门女郎说的那段故事对这位当家的女郎又讲了一遍。女主人说道："暂时饶你们不死，全都立刻给我滚！"所有的人诚惶诚恐地离开了女主人的屋子。

国王对贾菲尔说："今晚上你带他们去住一夜，明天清晨将他们全都带来。"贾菲尔遵从国王命令将他们带到自己家中，至于国王则回宫去了，但因为过于兴奋，他一夜都未能睡着。倒在床上满脑都是流浪汉们不幸的遭遇，愈加想了解三个少女和那两条黑狗的故事。第二天天一亮，哈里发便迫不及待地坐到宝座上，等文武百官来齐后，对贾菲尔下令："去把那三个女郎、两条狗和三个流浪汉都带来见我！"

贾菲尔把所有人都带到国王面前。此刻，女郎们全蒙着面纱。首相对他们说："坐在你们面前的是阿拔斯朝的第五任哈里发·哈伦·赖施德，你们一定要对他讲实话才行。"听完贾菲尔的话，女主人走向前说："真主王子呀，我有一段经历，那可真够刻骨铭心、让人引以为训的。"接着女主人便开始讲她的故事。

第一个女郎的故事

我的故事同样充满曲折离奇：这两条黑狗是我的两个姐姐，我们三个本是同父同母的亲姐妹；那个身上满是伤痕的少女和购买物品的少女是我同父异母的姐妹。

父亲逝世的时候，我们分别得到了一份遗产。没过多久，母亲撒手而去，给我们留下3000第纳尔，我和两个姐姐又分别获得1000第纳尔。在众姐妹中，我是最小的。男大当婚，女大当嫁，我的两位姐姐在置办齐了嫁妆之后，就各自嫁给了一个男人。两位姐夫拿了姐姐们的钱去购买一些说要经商的货物，结伴出了远门，只剩我一人在这个城市生活。他们一走便是5年，两个姐夫把钱都折腾光了，买卖赔了个一干二净，然后撇下我的两个姐姐在异国他乡，自己则不知跑到什么地方去了。

大姐没有办法，身着破烂衣服，一路要饭，回家投奔我。我让她去洗澡，给她换上新衣服。又为她端来食物，说道："大姐，你是父母的第一个女儿，你就同我一块过好了。"

我悉心照料了大姐一年的时间，这一年中我们日夜思念另一个姊妹。没过多久，二姐也如同要饭的一般回来了，比当初的大姐更潦倒，我同样热情地接待了她，叫她和我们一块儿生活。过了不久，大姐、二姐对我说："好妹妹，我们还是想再嫁人。"两位姐姐不听我劝，执意要结婚。于是我只好出钱为她们置办了嫁妆，让她们再次嫁人。她们又分别跟着自己的第二个丈夫离开了。

但是，没过多久，同样的事情又发生在了她们身上。二位姐姐羞惭地来到我面前说："你别责怪我们吧！你虽说年龄比我们小，可是比我们有头脑。从今往后，我们再也不提嫁人的事儿了！你就把我们当作你的使唤丫头，赏碗饭吃就行。"我接纳了她们，并对她们更加尊重。我们又在一起高兴地生活了一年。那时候，我要到巴索拉去做买卖，于是置办了一大船货物和船上所需要的一切。我为出行做了精心的准备，并把财产分为两份，一份带着去做买卖，另外一份交给一个可靠的人替我保管，我想："万一船遇上什么事，若能虎口有余生，那我们回来，也能有些钱财救救急。"

我带着两位姐姐出发了。我们的船在海上行驶了几天几夜，但是粗心的船长迷失了航向。我们不得不随风漂泊了十余天，有一天，瞭望员突然叫道："好消息！我看到前面有座城市。"听见这一消息，我们每个人都兴奋异常。大约经过一个钟头的行驶，城市的轮廓慢慢变得清晰，我走到城门口，就见到一些人手持棍棒在守着城门，可是等我走近一看，却发现他们早已化成了石头。再往里走，看到城里所有的人都变成了黑石，整座城市毫无生气，连一点儿火星也没有。我们被这种情形惊呆了。我们行走于大街小巷，看到集市上的金银珠宝都随意摆放，心中又暗自高兴，于是我们分散开来，在大街小巷各走各的，每个人都只顾想法发财、捞钱、捡便宜，顾不上别人了。

而我则走到王宫前，发现构造牢固，大门用纯金制成并且里边金银遍地，显得阔绰豪华，这时，我看见国王正坐在宝座上，周围是文武百官。每个人身上都穿着极其华美的衣服，再靠前才发现国王所坐的那个宝座更是镶嵌着各种珠宝玉石，在灯光的辉映下，发出夺目的光芒，像空中繁星闪烁。国王四周还有 50 名侍卫，穿着丝绸衣服，手执明晃晃的大刀站在那里。我继续前行，来到一个挂满丝绸、用金花银草装饰的华丽大厅。王后正在安睡。她穿着一身用珍珠缝缀起的衣服，凤冠上也镶嵌着各种珍珠宝玉，脖子上挂着一串串项链、璎珞。她身上的一切穿戴都原封未动，完好如初，不过人已经被变成了黑石。

此刻我看到了一扇敞开着的门，我顺路一直向下走，门里有一个七磴台阶的阶梯，我便顺着台阶下去，到达一个大理石大厅。地上到处都铺着金地毯，中间的一张松木座椅上镶嵌着数不清的珍珠翡翠。

不知何时夜幕已经垂下，我本想出宫回去，却无论如何找不到门。我迷失了方向，不得已回到蜡烛边坐到床上，盖上被子。正当夜深人静时，我忽然听到有人在读《古兰经》，我沿着声音寻找，发现了一道密室的门半掩着。我由门缝往里看去，屋里挂着灯，点着蜡烛，灯烛通明。一块祷告用的软垫上坐着一位相貌英俊的少年，身前放了一本《古兰经》，正是他在背诵《古兰经》。我为他讲述了我的故事，又问他这座城市的故事。他说道："好吧！我的父亲是这个国家的国王。这个城市是我们国家的国都。父王因为惹怒了真主安拉而被变成黑石，你看到躺在床上的王后就是我的母亲。他们与这座城市里所有的人都是拜火教徒，崇拜火、光、影和热。父亲一直没有子嗣，到了晚年才有了我这么一个儿子，非常高兴。父亲悉心教育我长大成人。那个时候，宫中有一个信仰穆斯林的老婆婆，表面上看起来她与他人无异，内心却笃信伊斯兰教，信奉真主安拉。父亲看她忠厚老实，就很信任她，也十分尊重她，对她特别好，也以为她是拜火教徒。

等到我长大了，父亲把我交给她，命令她说：'你把他领去，好好教育他，要把有关我们的宗教知识传授给他，你既要伺候他，也要好好培养他！'从那以后，她便开始教我伊斯兰教义，教我伊斯兰礼仪与五种日常礼仪，还教我背诵《古兰经》，教导我'一辈子只为安拉效劳'。等我熟悉了伊斯兰教义后，她求我说：'孩子，这事你可得瞒着你父王，不能让他知道，否则他会要了你的命的。'一直以来，我的确信守秘密。没过多久，她便死了。城里居民迷信邪教愈演愈烈，在离经叛道的道路上越走越远。

一天，城市上空突然传来一个清脆、令人害怕的声音，像霹雳又像哭泣。城里的人全听得清清楚楚：'喂！这座城邦的居民们！你们不要再拜火了，要崇拜仁德的真主。过了整整一年的光景，他们又听到第二次警告。随之，又听到了第三次警告。三年中，每年一次。

但是他们对这些警告充耳不闻，我行我素。直到一天黎明，正义的惩罚还是降临到他们头上，真主安拉把他们全都变成黑石块，哪怕家禽牲畜，无一幸免。因为我信奉真主安拉，全城上下只有我一个人得以幸免。从那一刻起，我就天天在这儿朗诵《古兰经》。我孑然一身，无人陪伴。我实在忍受不了这种孤独、寂寞。"

听了他这番话，我不停地劝说他与我同行，直到他同意为止。当天夜晚我高兴地睡在他的脚边。

第二天一早，我们到贮藏室专门挑拣一些值钱又便于携带的细软、财宝带走。我与少年并排走出城堡，来到城外，打算跟船长、姐姐与奴仆们会合，在船上，二位姐姐问我："你准备和这个英俊少年怎么办？"

"我想嫁给他！"我说道，然后转身对王子说，"主人，我有个想法，返回巴格达后，我们便结婚吧，我想把我的一生都交付你。"

他乐滋滋地说："我愿意！你是我的女王，我服从你所有的安排。""你太好了。"她们嘴里虽然这样说，心里却对我怀有歹意。

我们一路顺风，船驶出那片可怕的海域，进入了安全地区。没过几天就到达了巴索拉城。当时，天已渐渐暗了下来。我们想倒下歇息，不久便睡着了。可是就在当夜，趁我们睡着的时候，我的两个姐姐悄悄地把我连同床铺一起抬起来，丢进了大海，又把那个青年也照样丢进海里。但是真主安拉可怜我，很快，我便醒来，看到我们的船如同闪电般飞驰离去。正在我无助之时，真主安拉赐给我一块木头，我趴在上面，被海浪冲到一个海岛上，因而得救了。我在孤岛过了一晚。第二天清晨醒来，我找到一条小道通往一道浅弯与海岛相连的陆地。

当太阳升起后，我在太阳底下晒干了衣服，在岛上采了些野果吃，又喝了些泉水，就沿着那条小路艰难地走去。突然一条很大的蟒蛇飞快向我爬来。大蟒忽左忽右地，迅速前行，原来后边有一条毒蛇对它穷追不舍。大蟒蛇飞速地逃命，一路尘土飞扬。由于毒蛇身形较小，跑动迅速，不久就追上了蟒蛇，咬着它的尾巴；大蟒蛇疼得淌下泪水，舌头吐在外面。我可怜大蟒蛇！我就捡起一块石头朝毒蛇的头砸去。大蟒蛇获救了，它张开双翼，飞上天空，一会儿就消失得无影无踪。

我坐在那儿呆呆地望着大蟒飞走。身心疲惫的我不久便躺在地上进入了梦乡。当我醒来时，发现一个黑皮肤姑娘正好坐在我的脚跟前，为我按摩腿，她身旁跟着两条黑狗。我感到很难为情，坐起身来对她说：“小妹妹，你是什么人，为什么会在这儿?”她说道：“这么快就把我给忘了?你刚才把我的敌人杀死，救了我一条命呀——我就是你从那条毒蛇口里救出来的大蟒，是一个雌性精灵。那条毒蛇是个雄性精灵，他十分恨我。感谢你，你刚才救了我的性命。这回全依仗你，我才能死里逃生。之后，我就飞到那条船上，将你的钱财全都搬到你的家里。我吩咐我的仆人把船沉入大海，又把你那二位恩将仇报的姐姐变成两条黑狗，由于我已了解了你们之间发生的事。至于那个小伙子，可惜！他已经淹死了。”

说罢，她施魔法，带上我和那两条黑狗飞进了城，把我们放在我家的房顶上。我发现自己在船上的钱财一样都没少。黑皮肤姑娘又说：“此刻，我以所罗门的名义发誓，你一定要每天各抽她们三百皮鞭，否则的话，我会找上门来，把你也变得同她俩一样!”我说道：“遵命。”从此以后，我只有言听计从，天天都要那样鞭打她俩，同时又可怜她俩，然而这也并非我的过错呀，她们也应当理解我吧。

这就是我的故事。

乌木马的故事

传说古时候有一位权势显赫、威震八方的国王。他育有一子三女。太子生得标致英俊，公主们美丽得如花似玉。一天，国王正坐在王位上临朝，传报有三个哲人求见。他们之中，一人手拿一只金乌鸦，一人手拿一支铜喇叭，一人却双手捧着一匹乌木马。国王见状，甚是奇怪，问："你们带的这是些什么玩意儿？有什么用途？"

第一位哲人走向前说："回陛下！这是一只金乌鸦。不管白天黑夜，每过一个钟头，它就会振翅鸣叫，报告时间。"

第二位哲人走向前说："陛下！如果把这支铜喇叭放在城门上，它可以充当卫兵。敌人若是进犯京城，它就会呜呜吹响起来，人们便会闻声把敌人逮住。"

最后，乌木马的主人向前说："陛下，这是匹乌木马，它能行走如飞，驮它的主人飞向任何地方。"

国王听了哲人们的叙述，说："既然这样，让我试验一下，如果一个能报时，一个能报警的话，我会赏赐你们的。"国王先试验金乌鸦，它的作用果然如第一位哲人所说的；接着试铜喇叭，一样灵验。国王非常满意，便对金乌鸦和铜喇叭的主人说："你们希望得到什么赏赐呢？说吧！"

"我们希望陛下能恩准将公主下嫁给我们。"

国王答应了他俩的要求，把两个公主分别许给两位哲人。这时，乌木马的主人跪下，吻了地面，说道："恳求陛下让我得到同样的赏赐吧。"

“我们先来试试你的马儿吧。”

太子闻声骑上了马，用两脚后跟踢着马肚子，马儿却一动不动。他嚷道：“哲人！你夸下海口，可是它怎么不动呀?”

这时，哲人走了过去，指着马身上一颗突出的钉子，说道：“捏着它吧。”

太子伸手一捏钉子，马儿一下子就动了起来，驮着王子腾空而起，飞到了天上。飞呀飞呀，一直飞，最后在人们眼前消失了。太子这才惊慌起来，懊悔不该轻举妄动，他自言自语地说道：“这哲人想要害我啊！看来，只能盼望万能的安拉来拯救我了。”

他仔细地察看马的各个部位，终于发现马的两肩下各有一颗突出的按钮。他暗想：“看来，这两个突出的按钮是机关。”于是伸手捏住右面的按钮，只见马在空中升得更高。太子立刻撒手，接着伸手捏着左面的按钮。他一捏，马儿飞行的速度逐渐减慢，徐徐向下降落。经过这场试验，太子才算知道了这匹马的奥妙，心中不由得大喜，衷心感谢安拉的保佑。

由于开始马儿飞得太猛，飞了很远路程，必须经过很长时间才能降落到地面。这期间，他试着随意地调拨马头，想升便升，想降便降。摆弄够了，他便直朝地面降去。注目一看，一座巍峨美丽的城市在宽阔的平原中出现。“若是能知道这座城邦叫什么名字，处在什么方位就好了。”

此刻，已是傍晚时分。他骑着马儿，绕着那城在空中转悠了半天，左看右看地仔细打量了一番，暗想：“我暂且去城里过夜，等明天一早驾马飞回家，把我的经历禀告父王吧。”他发现城中央有一座高耸入云的宫殿，围着高大、宽阔的围墙，十分牢固、庄严。

太子待在屋顶上，又饥又饿，他从骑马离家后就一直没有吃喝。他忍着饥渴，直到知道人们都进入了梦乡，这才放下马儿，寻找食物。

他进入宫殿，找到楼梯，走了下去。他却发现隐约的火光正向他移来。他仔细打量，发现亮光处正有一群宫女簇拥着一位好似月亮一般俊美的姑娘款步而来。这位美丽的女郎是位公主，是国王的掌上明珠。国王十分宠爱她，竟为她专门修建了这座宫殿。

到了宫中，众宫女布置好一切，点上香炉，与公主一起就嬉闹起来。她们又笑又闹，玩得十分快乐。这时，太子猛然扑向那个男仆，一拳把他打倒在地，并从他手中夺过剑来，扑向那些宫女们，吓得她们东躲西藏地乱作一团。只有公主神色不乱，挺身说道："你就是昨天向我求婚而被父王拒绝的那位太子吧。父王说你相貌奇丑。向安拉起誓，父王说的不是真的呀！"原来那位求婚者是印度国的太子，他相貌奇丑，事情突然，公主马上就猜他是那位求婚遭到拒绝的印度太子。

这时候，一个宫女在旁边说道："公主！这个人可不是那个对国王提亲向你求婚的人。你看，这位青年俊得很，可不像平常人呀！"宫女说罢，唤醒被打昏的仆人。仆人苏醒过来，惊恐地一跃而起，

"陛下，快去救公主吧！她被一个装扮成人、冒充太子的魔鬼掳住了！"

国王一听这话，十分震惊，决定杀死那个魔鬼。他喝道："狗奴才！叫你保护公主，你怎么让魔鬼缠扰上公主了？"于是他一路奔到行宫。

"启禀陛下。我们陪公主一起到宫中，不知怎么了，那个青年突然持剑向我们扑来。人倒生得非常标致。我们不知道这人到底是人还是神？他倒是规规矩矩、彬彬有礼的，没做什么非礼不轨的事。"

听了宫女的话，国王才算松了口气。他见太子和公主坐在一起谈得很亲密，仔细一看，这人果然生得漂亮可爱。突然间，他不禁顿生妒意，竟抽出宝剑，掀开幕帘，闯了进去，像中了魔似的向他们扑去。

太子突然跃身，紧握宝剑，大吼一声，威胁着说要用宝剑刺死国王。国王见对方来势凶猛，知道这青年强壮有力，自己分明不是眼前这小伙子的对手，就将剑插回鞘中，原地站住了，问："年轻人，你是人还是神？"

"你怎么会这么没有眼光，令我感到不可理解。你是想把女儿嫁给一

个比我更好的女婿吗？请问，你心中是否有比我更健壮勇敢、富贵慷慨、有权有势的人选呢？”

国王听他这么一说，觉得还是有道理，赞同了他的意见。于是通知宰相，叫他立刻集合全体官兵，武装待命，准备和太子比武。同时他为太子选了一匹骏马，配上最好的鞍辔，供太子在比武时骑用。太子推辞了：

“你的那群马，我一匹都看不中。我只要我骑来的那匹马。”

“你的马在哪儿？”

“在行宫的屋顶上。”

“在屋顶上？你输定了。见鬼！好端端的马怎么会到房顶上?！不过正是在这种时候，倒是可以检验出你说的话到底是真是假！”国王惊奇地回头吩咐侍从道，“你们进宫去，瞧瞧屋顶上有什么东西。有马匹的话，赶快给我带下来。”

人们听了这位不知从哪里来的年轻人的话，不禁十分诧异，议论纷纷：“马儿怎么能上那么高的楼梯？真是谬论!”侍从们遵照国王的命令上了行宫的屋顶，果然发现一匹骏马站在上面，非常雄壮。他们一看，那马居然是用乌木和象牙雕成的，于是众侍卫抬起马儿，小心翼翼地把它一直搬到城外，规规矩矩地放在国王面前。人们好奇地涌过来围着观看。马儿既雄壮又新奇。人们赞叹之余，又觉好笑，国王本人也惊讶而赞叹。他问道：“孩子，这就是你的马?”

“不错，请先让你的士兵们离开，否则我是不会上马的。”

国王命令士兵离开一箭之地，太子这才说道：“国王陛下！我现在可要上马，向你的军队进攻了！我将会把他们打得落花流水，让他们胆战心惊。”

“好吧，你尽管放手比武吧。可别留情，我的人马是不会手下留情的。”

太子走到自己的马跟前，骑了上去，勒转马头，准备冲锋陷阵。国王的兵马也严阵以待，准备迎战。

太子在马上坐稳了，就拧了一下上升的旋转按钮，马儿开始震动。一会儿，马儿腹中充满空气，便向上升腾，飞入云霄。

宰相和朝臣们也感到莫名其妙。他们安慰国王，说道：“国王陛下！谁能追得上飞鸟啊?！这家伙一定是个不得了的魔法师。多亏安拉保佑，陛下平安无恙，那小子没危害到您。”

国王只好闷闷不乐地回宫。见到女儿，就把他同王子在校场上发生的一切原原本本告诉了她。公主一听，心情十分悲伤，更加怀念那位王子，害了相思病。

话说太子骑着那马腾云驾雾飞在天上，一直飞回波斯。到了京城，他在空中环绕了几圈，降落在王宫，随即下马跑进内宫，谒见国王。这时，国王一见儿子归来，愁云不禁为之一扫，赶紧迎上前去，把儿子紧紧地搂在怀里。

太子把自己同那位城邦的公主以及同她父王之间发生的一切都原原本本地告诉了父亲。

太子非常想念公主，无法抑制自己的思念。一天，他走到那匹乌木马跟前，骑了上去，开动升腾按钮，向萨那飞腾而去，寻找公主。

第二天清早，国王要找儿子，却发现他早已了无踪影，立刻上屋顶去寻找。乌木马果然也不见了。他知道太子骑马飞走了，悲愁之余，后悔当初没把马儿藏起来。他自言自语：“向安拉起誓，待这孩子这次若是回来，我一定不再留下这匹妖马，免得再为儿子提心吊胆的，放心不下。”他垂头丧气，长吁短叹。

太子驾着马在空中，一直飞到萨那，在他原先降落的老地方落了下来。他不顾一切闯了进去，大声问候她们。

公主听了他的声音，一下坐了起来，又惊又喜、只听太子喊道：“公主！这些日子你让我想得好苦！你愿意随我到我的家乡去吗?”

“好的，我听你吩咐。”

太子听了公主的答复，喜笑颜开，随即带她走上屋顶，跨上乌木马。又让公主骑在他的后面，紧紧地搂住他的腰。然后开动按钮，飞上天空。宫娥们见状，惊惶失措地跑进王宫报告国王。国王和王后一听到这个消息，便急忙爬上宫殿的房顶，抬头观看。

他们在一处绿草如茵的草地落下休息、吃饭。太子对公主关怀备至。为避免发生意外，他用带子将公主绑住，然后轻松愉快地继续飞行。回到京城，太子满心欢喜。他有意想要向公主炫耀一下他们父子的权势，想让她知道他父王的王国要比她父王的王国大得多，因此他驾马直接降落在城外国王消遣用的御花园中。他把公主让进屋去，说道：“你就坐在这里等着好了，我先进城去谒见父王，给你预备宫室。过一会儿，我会派人来接你的。”

太子匆匆入宫，谒见父王。国王一见儿子来，不禁喜出望外国，立刻起身迎接。太子说道：“父王，我把我说的那位公主带来了，她正在城外御花园。现在我来是想请你安排仪仗，出城迎接。”

“言之有理！就照你说的办好了！”国王立刻命令老百姓打扫城郭，吩咐大臣和官兵全身甲胄，预备迎接公主。一切铺排齐全，他才匆匆出城，到御花园迎接公主。

来到那座花园。走进他把公主留在那里的那间厅堂。他却未找到她，连马也不见了。他大吃一惊。王子找来花园的守卫，问他们道：“你们可曾见到有什么人到这花园里来过?”“没别的人，”园丁回答，“只是那个哲人来园中采集了标本。”

一听这话，他证实了自己的猜想。说来也巧，当公主在园中休息时，那个制造乌木马的哲人正好来御花园采集标本。他闻到公主身上散发出来的芬芳香味，循着香味找去，发现了那匹乌木马。他一直就为那马的出手不胜惋惜。他走过去，仔细检查，发现机件完整，没有损坏。他闯到屋里，看见一个光彩夺目的美丽女郎坐在里面。他一见便知她不是普通人，也许是太子带来小住，准备接进城的。于是他灵机一动，走到公主面前，跪下去吻了地面。公主见他獐头鼠目，相貌奇丑，便问道："你是谁?"

"我是太子专门差遣来的。他吩咐我把你送到城边上的另一座花园里去。"

"太子呢？他在哪儿?"

"他在国王御前，马上就会来迎接你。"于是跨上乌木马，让公主坐在后面，用带子紧紧地绑起来，伸手一开升腾的按钮，马儿震动着升上天空。公主被蒙在鼓里，直至飞到高空，看不见大地时，她才有些奇怪，便问："喂！太子呢？他到底在哪儿呢?"

"你身下骑的这匹马本是我亲手精心制成的，太子把它抢走了。从今以后，他休想再得到这匹马。你就心悦诚服地跟着我走好了，跟着我要比跟着那个太子强多了!"

"天哪，我抛下父母，又和爱人失散了!"公主悲哀之下，痛哭流涕。

哲人驱动乌木马，一直飞到希腊境内，在一片河汉纵横、绿树成荫的草原上降落了下来。这地方离城市不远，恰巧那天希腊国王率领人马围猎到这儿。看见哲人、公主和乌木马，他派随从逮捕了他们。哲人连同公主和那匹马一道带到国王面前。

"她是我的妻子!"哲人抢着回答。

公主一听他这么说，赶紧辟谣道："他不是我的丈夫。是他把我骗到这儿来的。"

国王闻听公主这话，下令拷打哲人。随从一齐动手，打得他半死不活，之后把他押进牢狱，监禁起来，并把乌木马和公主一起带回宫去。国王并不知这马的奥秘，也不知该如何驾驭它。

太子见公主和乌木马都失踪了之后，心情十分沮丧。他换上了出远门的装束，带上了所需的钱财，赶紧上路，去追寻公主和乌木马的踪迹。后来他旅行到萨那，寻找探听，可是仍然没有她的消息，却发现她的父王因女儿的失踪而悲痛欲绝。于是，他又离开萨那，终于到了希腊。

在一家旅店中，他看见一伙客商聚在一起闲聊，听见他们中有人说：“喂，伙计们！我可是遇见了一桩怪事。”

“什么事呀？”其余的人问。

“京城的人传出一件奇闻，有一天，国王率领人马到城郊围猎，在一处树木茂盛的地方，看见有一个老头站在那里，旁边坐着一位姑娘，还有一匹用乌木雕的马。”

太子听了那个商人说的这些话，赶忙凑到他跟前，和颜悦色、客客气气地向他进一步打听。那天太子赶到京城，天色已晚，国王已经退朝，没法办居留手续，守城的士兵只好带他到监狱中暂住一夜。狱卒见他相貌标致，不忍心他吃苦，让他跟他们一块儿坐在狱门外面，请他吃喝。饭后一起闲聊。狱卒们问他：“你是什么地方人？”

“我从波斯国来。”

“那样奇丑下流的人，当真少见。”

“你们为什么这样说呢？”太子问。

“他是国王在去打猎的路上遇见的，他冒充哲人却欺骗人。当时他和一个美丽的妙龄女郎、一匹乌木马在一起。那位姑娘现在国王那里。国王挺喜爱那个姑娘，可是那个姑娘却疯了。那个老波斯人如果真是哲人，那一定可以医治姑娘的病了。现在，乌木马还在国王的宝库中，那波斯老头却终日在狱中长叹、哭泣，弄得我们也睡不好觉。”

太子当然知道哲人悲哀的原因。他灵机一动，顿时想出了一个主意。狱卒们要睡觉了，叫他进牢里暂宿一夜，然后锁上了狱门。太子来到狱中，哲人认为他与自己同病相怜，于是把自己的身世和遭遇对他尽情吐露，企图博得太子的同情。

第二天清早，那些守城的卫兵带太子去见他们的国王。

“我叫哈勒图，是波斯人。我精通医学，专治各种疑难杂症。”

国王听他这么一说，喜出望外，说道：“尊贵的医生啊！太巧了，我们正需要你呢。”于是国王把女郎害病的情况说了，最后说道：“如果你能治好她，你要什么，我就给你什么。”

“哦！陛下。我愿尽力医治患者。请陛下告诉我，她怎样害的病？她和哲人、马儿是怎样被发现的？陛下，刚才提到的那匹马，我能先去看看吗。”

“好的，欢迎。”国王满口应允，拉着太子的手，走到存放马的地方。

太子仔细检查一番，发现马儿各部分的机件完整，毫发无伤，他建议国王保护木马，然后跟随国王前往公主养病的地方。

到了室内，太子抬头看见公主蓬头垢面，于是太子温柔地对她说：“没关系，这是不碍事的。”

公主一认出王子，就由于兴奋过度，禁不住大叫一声，昏了过去。国王以为她是因害怕自己而晕倒的，立刻退了出去。太子乘机俯下身子，对公主悄声耳语道：“在目前这个紧急关头，你要多多忍耐，待会他进来，你花言巧语地敷衍他，让他看到你的疾病有了起色。那样一来，咱们就大功告成了。”

太子从容地走出病室，对国王说：“现在请你进去瞧瞧！陛下的目的已经达到。我祝贺陛下了。”

国王一走进病室，公主见到国王，就赶紧趋步向前，公主跪下去祝福国王。国王非常高兴，对太子说：“这一切全都是多亏了你呀！是上帝让你用医药来恩赐我们的！”

“陛下，要让她完全康复，做到尽善尽美，你还必须带上你所有的文武百官、军士、随从，到当初你发现她的那个地方。”

国王立即发令，抬出乌木马，率领人马，开往郊外。

太子指挥人马列队站在一旁，把姑娘和木马安置在远离国王和军士们的地方。

太子骑上乌木马，让姑娘坐在他身后。国王和他的军士们则远远地注视着他的一举一动。太子用布带紧束起来，然后伸手开动升腾的按钮，马儿便升腾起来，越飞越高，扬长而去。

太子带着公主，驾着乌木马，一直飞到波斯的宫殿里降落。他将公主在宫中安顿好，就去拜见父王、母后，报告了救回公主的经过。

国王担心儿子再出什么差错，就把那匹乌木马劈了个粉碎，让它再也无法动弹。

婚后，夫妻生活快乐。他备了厚礼和书信给萨那国王，说了他和公主结婚的消息。萨那国王读了书信，知道公主安然无恙，才放下了心。

此后，波斯与萨那两国交往频繁，日益亲善。后来，太子的父亲——老国王驾崩，太子继位，做了国王，国家一天天兴旺，他和妻子生活快乐幸福、长寿平安。

驼背的故事

古代，中国的京城中住着一个裁缝。他时常带着老婆出门散步玩乐。一天清晨，他们夫妇外出散步，直到日落时才尽兴而归。路上，他们碰到一个驼背。裁缝夫妇一时兴起，便邀请他随他们一道回家，以便夜晚大家一起同饮同乐。

那驼背巴不得有人请他。到裁缝家时，天已快黑。裁缝马上到市场去买了煎鱼、馍馍、柠檬和葡萄，以丰盛的晚餐款待驼背。他们围着餐席开怀大吃。裁缝的老婆拿了块很大的鱼肉塞进驼背嘴里，开玩笑似的捂住他的嘴，说道："你肯定能吞下整块鱼肉，不许你嚼，一口吞下去吧。"

驼背果然一咽，那块鱼里面有一根大鱼刺一下子卡在他的喉管里，噎得他喘不上气来，很快地他就被鲠死了。裁缝惊呆了，不由叹道："这个可怜的人，怎么就这样死了？怎么就偏偏死在我们的手里？"

"你起来，把他抱在怀里。我在他的脸上蒙上一方丝绸手帕。我先出去，你再跟在我后面，趁黑夜我们把他弄出去，在街上，你要边走边说：'孩子，我和你妈妈这就带你看医生去。'"

裁缝听了老婆的话，就把驼背抱在怀里，跟在老婆后面出门，夫妇俩一直走着，打听医生的家，以便让全街的人都知道他们的孩子病了。最后，他们终于找到犹太医生的家。

医生的黑女仆听到他们敲门，为他俩开门。看见裁缝夫妇，她以为他们抱着的是孩子，问："有什么事吗？"

“我们带孩子来看病，”裁缝的老婆说，“这是一枚四分之一的金币，请拿给你的主人。”

女仆转身上楼时，医生接过金币，很高兴，立刻起身，摸着黑下楼来看病人。下楼时，一脚踢在死了的驼背身上，给绊得跌了一跤，驼背滚下楼去。医生战战兢兢地驮着驼背的尸体到楼上，把刚才发生的事情告诉老婆。

“快想办法啊！”老婆说，“等到天亮，那时我们可就没命了！来呀，我们把他抬上平台，放到隔壁那个穆斯林家中去吧。”

原来医生的邻居是王宫的御厨总管，经常会有猫到他家去吃他带回家的肉、吃那里的老鼠。这时医生和夫妇两人，一个提着驼背的双手，一个抬着他的双脚，沿墙边把他慢慢放了下去。之后，他们悄悄潜回自己家里。

他们把驼背放在那里时，正巧那个总管回家。他打开门，点着蜡烛走进屋，发现有人站在屋角。“啊！凭我的生命起誓，”他嚷起来，“好啊！原来是你在偷肉啊！我还一直以为是猫和狗偷吃的呢。”他拿起一柄大锤，朝驼背胸部打了几锤。

驼背被打倒在地，总管看见他死了，这才惊惶起来，满脸愁容，叹道：“只望万能之神安拉拯救了。”他想到问题的严重性，骂道：“这些讨厌的肉啊！愿安拉诅咒它们，这个人的命就这么断送在我手里了？”他仔细一看，原来是个驼背。

总管背着驼背，趁夜摸索到街角处，偷偷放下，让驼背的身子靠在一家店铺门前。然后他自己离开了那里。

这时，一个喝得酩酊大醉的基督教商人，东倒西歪要去洗澡。他摇晃着走到驼背面前坐下去解鞋带，猛见驼背站在那里，迅速爬起来，以为又有人等在这里抢他的缠头。昨天夜里，他的缠头被人偷了，他正为此愤愤不平。于是他猛地一拳打在驼背脖子上，驼背应声倒下。商人醉得厉害，大声喊叫“捉贼”，扑在驼背身上，两手掐着驼背的脖子。市场警卫来了，还看见这个基督徒骑在驼背的身上打他。警卫说：“快起来，松开他。”

巡察走到驼背跟前，发现他已经死了。

“好了！”巡察说，“基督教徒打死伊斯兰教徒了。”于是绑起他，带往衙门。

基督教商人酒醒了些，恢复了理智，悲哀地和驼背在监狱里过了一夜。

次日，掌刑官宣布了基督教商人的罪状，把他带到绞刑架下，把绞索套上他的脖子。快行刑时，厨房总管却突然赶来。见基督教商人就要被绞死，来到掌刑官面前，大声说道：“不要绞死他，这个人是我杀死的。绞死我吧！”

听了总管的自首，法官宣布释放了基督商人。“绞这个人吧。”法官指着厨房总管，吩咐掌刑官。准备动手。这时，那个犹太医生挤开人群，冲到绞刑架下，对行刑官叫喊：“你不能绞他，杀人的不是他，是我。”

由于犹太医生的自首，法官便吩咐掌刑官：“放掉总管，绞死犹太医生。”掌刑官又将绞绳套在犹太医生脖子上，刚要动手，突然，裁缝分开众人闯进来了。他对行刑官说道：“别绞他，杀人的不是他，而是我。”

“这真是一件可以记录下来当史料的怪事。”法官听了裁缝的自首，感到非常惊讶。随即吩咐掌刑官：“放掉犹太医生，绞死这个裁缝吧。”

掌刑官一边把绞绳套在裁缝脖子上，一边说：“真是麻烦！一会儿绞那个一会儿绞这个，结果，谁也死不了！”

再说那个驼背的事儿。他本是供皇帝逗笑取乐的侏儒，贴身侍奉皇帝。他喝醉了酒，溜了出去，第二天中午还不见他回宫，皇帝便吩咐打听他的下落，侍臣出去打听了情况，回宫禀报：“启禀万岁，驼背已死了，尸体被人送到衙门里。法官要绞死杀人犯。可非常奇怪，每当他宣布了罪状，要行刑时，总有人出来自首，每一个人都声称是自己杀了驼背，已有好几个自首的了，每人都讲了杀人的原委。”

于是，皇帝吩咐侍卫：“你快到法官那里去，把他们一干人全都带来见我。”侍卫到法场时，掌刑官刚准备好，就要开绞裁缝了。

“且慢！”侍臣制止了掌刑官，向法官传达了皇帝的旨意，随即命人带上驼背，还有相关的裁缝、犹太医生、基督教徒、御厨总管，总之是所有的人都带到皇帝那里去。法官见到皇帝，跪下去吻了地面，把事件的经过一五一十地报告了皇帝。皇帝听了，又惊奇又激动。这时，一个刚进宫的理发匠看了这场面，感到奇怪。

“陛下！”理发匠说，“为什么裁缝、基督教商人、犹太医生、穆斯林总管和死了的驼背都在这儿？这是怎么回事呀？”

皇帝笑着说：“来吧，把驼背昨天吃晚饭时的情形，以及基督教商人、犹太医生、总管和裁缝所谈的一切经过，全都讲给理发匠听吧。”

理发匠听了这一切，说：“这可真是无巧不成书啊！”接着他摇着头说：“你们都让开点儿，让我看看这驼背！陛下，以你的恩惠起誓，这个驼背还有气呢。”理发匠说着，从袋里拿了一个罐子，打开后，从中取出一个眼药瓶，把瓶中的油抹到驼背的脖子上，接着又拿出一只铁钳子，把铁钳子伸进驼背的喉咙管，从中夹出的一块鱼还带着鱼刺。驼背突然打了一个喷嚏，爬了起来。

皇帝和所有的人惊奇之余，都笑得前仰后合。

皇帝惊讶之余，吩咐宫中的人将这个故事记录在案。从此以后，裁缝在宫中做起缝纫活，按月领取薪俸；驼背仍然陪伴皇帝，谈笑取乐，拿着很高的俸禄；理发匠却成为皇帝的随身陪侍，替皇帝理发。

补鞋匠马尔鲁夫的故事

很久以前，在埃及的首都开罗的城中，住着一个鞋匠，他的名字叫马尔鲁夫。他是个老实巴交的本分人，但非常不幸的是，他却有一个尖酸刻薄、喜欢无理取闹的凶恶老婆发颓麦——她为人刁钻刻薄、寡廉鲜耻，大家就给她取了个绰号，叫“恶癞”；马尔鲁夫任由老婆无理取闹，由着她任意打骂，他都一直奉行“家丑不可外扬”的宗旨，忍气吞声。

一天早上，她突然对马尔鲁夫说：“马尔鲁夫，今天给我买来些蜜饯甜丝糕来吧!”

“愿安拉帮助，但愿我能办到。”

“我不管你赚不赚到钱，你必须给我买蜜饯甜丝糕来！要不然你就等着瞧吧，今晚我非照新婚之夜那样惩治你不可。”

马尔鲁夫带着惶惶不安的心情，满腹忧郁地离开了家。

第二天，马尔鲁夫一直守在铺中。可是等了大半天，也没有一个人来修鞋。烦躁的情绪笼罩着他的头顶，使他心烦意乱，再没有心绪等下去了。于是，锁上了铺子的门，漫无目的地沿街走着。无意间他从糕点店前经过，不由自主地待在那儿，眼眶里含着泪水，默默无语地望着里面摆着的糕点。

老板见状，问道：“马尔鲁夫，你怎么流起眼泪来了?”

“我那个厉害的老婆非要我买蜜饯甜丝糕。可是今天我在铺中等了大半天，也没有一个人来修鞋。”

老板听了马尔鲁夫的话，笑了笑，说道："这有何难，你打算买几斤糕点呢?"

"5 斤就足够了。"

于是老板给他称了 5 斤糕点，说："现在仅有奶油甜丝糕，没有蜜饯甜丝糕。你就让她吃奶油甜丝糕吧，我这里还有蔗糖，这奶油甜丝糕再加上蔗糖，比蜜饯甜丝糕还要好吃的，没什么妨碍的。"

老板将 2 块钱的面饼、5 角钱的乳酪，连同 5 块钱的糕点一起递给他，说道："马尔鲁夫，我一共给你拿上了 7 块 5 角钱的东西。等真主给了你生计，你有钱的时候再还我不迟。"

他谢过老板，回到家中。

发颓麦瞥了一眼，见糕点是糖制的，便怒气冲冲地骂："我跟你说要蜜饯甜丝糕，你怎么违背我的意思呢？你拿来的是蔗糖奶油甜丝糕!"

"这不是买的，是向人家赊的。"他委屈地回答老婆。

"那我不管！你知道我不吃什么别的甜丝糕!"她大发雷霆，给了丈夫一记耳光，"快去。"她连说带打，拳头雨点般落在马尔鲁夫的脸上，打落了他的一个牙齿，鲜血一直淌到胸膛上。

马尔鲁夫实在气愤，不痛不痒地碰了老婆的头一下。这一下可闯了祸了。发颓麦开始撒泼、耍无赖起来，邻居们听见吵闹声，围拢了过来，为马尔鲁夫解围。大家都指责发颓麦："过去我们都是吃糖制的糕点！你怎么能这样粗暴无礼地对待可怜的马尔鲁夫呢？这可是你的不对呀。"

邻居们苦口婆心，终于解决了这对夫妇纠纷。可没想到邻居们刚走，她又神气起来，装腔作势，发誓不愿吃这种蔗糖甜丝糕。而此时的马尔鲁夫早已饥肠辘辘，饿得肚里直冒火了。

"她反正是不肯吃这种蔗糖甜丝糕了，自己吃掉算了"他心想，于是大胆地拿起糕点，狼吞虎咽，香甜地吃了起来。老婆恶毒地咒骂："吃吧，吃这毒药，烂了你的肚子，毒死你才好!"

马尔鲁夫始终好言安慰老婆，一再表示屈服。但她却毫不理会，依然喋喋不休地用毒言咒骂。

第二天清晨，她又精神抖擞，边打边骂。马尔鲁夫畏怯地好言劝阻她说：“你别打了，我再去买一份蜜制的糕点来供你享受。“他边说边夺门而逃，奔去清真寺做了祈祷，又到铺子去，打开了铺门，还没有坐稳当，就来了两个差役，对他说：“起来！跟我们见法官去，你老婆把你告了。”

他起身与差役来到了法院。只见他老婆捆着自己的手臂，戴着被血污染的面纱，哭哭啼啼地站在法官面前。

法官一见马尔鲁夫就生气地问：“你是怎么做男人的，随便欺负妻子，打折了她的胳臂，还打落了她的牙齿。你难道不怕安拉惩罚你吗？”

“我要是真的欺负了她，打落了她的牙齿，那就请老爷按安拉的意志惩处我好了。实际情况是这样的……”他把事情从始至终说了一遍，还以邻居为证。

法官是个心地善良的人。为了息事宁人，他慷慨解囊，拿出四分之一枚金币。把钱递给发颓麦，并当面为他们进行了调解。最后法官说：“在家里，你要听从你丈夫的话，而做丈夫的应关心、爱护自己的妻子，这样才能有和睦美满的家庭啊。”

夫妻二人经过法官调解，表示愿意和好，双双走出法院，然后分手，朝各自的方向走去。马尔鲁夫从来路返回铺子，继续工作。可他刚坐下不久，差役们又来到了铺里，冲他嚷道：“我们辛苦了一上午，你该付些小费呀。”

“法官都没有向我取分文，你们凭什么要小费呢？”马尔鲁夫断然拒绝了他们。

“你这不识好歹的家伙，居然不付我们小费。看来，我们只好亲自动手了。”他们连说带推，把马尔鲁夫拽到铺外。不得已的马尔鲁夫被迫将自己的补鞋工具作为抵押，弄了点钱付给他们，这才把他们打发走了。此后，马尔鲁夫悲伤地坐在铺子里，又有两个相貌丑陋不堪的大汉突然出现在他面前，说："走吧！随我们去见法官，你的老婆把你告下了！"

"法官不是刚给我们调解过了吗？"马尔鲁夫奇怪地问。

"我们是奉另一位法官的命令来的。你的老婆找到我们的法官，把你告下了。"

他咒骂了泼妇几句，只好又随差役来到法院，无可奈何。

他对老婆说："我们不是和解了吗？"

"这事想这样就算了，没门。"老婆毅然决然地答道。

马尔鲁夫激动地在法官面前又叙述了一遍事情的始末，最后说道："前一位法官已给我们调解过了，我们当场也都表示要和好如初，不知怎么她又告到您这里来了？"

"你这个泼妇!"法官听了马尔鲁夫的叙述，极为愤怒，说："既然你们已经和解，你又来做什么？"

"事后他又打我了。发颓麦当众污蔑她的丈夫。

法官只得又耐心地规劝他们，为他们调解。

听了法官的劝告，他们表面上再次和好了。

这时候，法官对马尔鲁夫说："赏差役一些小费吧。"

马尔鲁夫只得将用补鞋工具抵押换来的钱又付了一部分给差役。此时，钱已所剩无几。他垂头丧气地回到铺中。

正当马尔鲁夫孤零零地待在铺里、一筹莫展时，又来了一个人，对他说道："嗨，马尔鲁夫，你还是躲起来的好，你的老婆又到高级法院把你告下了。大法官艾比·特伯格派人抓你来了！"听了此消息，马尔鲁夫心中乱如麻，不知所措，唯一能想到的办法是逃走避难。于是他立刻关好铺门，用出售工具仅剩的两块钱，买了面饼和乳酪，踏上了逃亡之路。

他冒着严寒，跑到郊外的一个山谷。突然，大雨倾盆落下，好不容易他来到了一个叫尔底里的地方，找了间无人居住的破房子，不顾一切地钻进去避雨。墙壁突然裂开，一个巨人从中走了出来，对他说："你这讨厌的家伙！为什么到这儿来骚扰我？告诉我，你想干什么？如果你真有困难，我也会帮助你的。"

马尔鲁夫叙述了他和老婆之间的种种事情。巨人听了，问他："我把你送往你老婆找不到的地方去，你愿意吗？"

"非常愿意！"

"你骑到我的背上去。"

马尔鲁夫按照巨人吩咐，骑在他的背上。巨人背着他，腾空飞起，不停地在空中飞行，从晚间一直飞到次日黎明，才下落在一座高山顶上。巨人放下他，吩咐道："你下山去，可以看见一道城门，就放心进城去生活吧，这一辈子你老婆都不会找到这儿来的。"

吩咐完毕，他放下了马尔鲁夫，扬长而去。马尔鲁夫走下山来，他看见了前方有座城市，高高的城墙，宫殿巍峨挺立，建筑富丽壮观，引人注目。他来到城里，看见人群熙熙攘攘，一派繁荣景象，悲伤难过的心情也渐渐消失。由于他身着埃及装束，走在街上，非常惹人注目，行人都注视着他，

"从什么地方来的呢？"

"埃及。"

"你肯定经过了长时间的跋涉，才到这里的吧？"

"不，我是昨天下午才离家的。"

与马尔鲁夫谈话的人哈哈大笑了一阵，才对左右的人说："你们瞧他胡扯什么呢！"

"他说什么？"人们问。

"他说他昨天下午离开埃及，现在就到了这里。"

人们立即围拢过来，取笑着马尔鲁夫："你这个人是个疯子，说疯话，胡编自己是埃及人，昨日下午才到这里。事实上，埃及到这里要有一

年的路呢!”

“你们才是疯子呢!”马尔鲁夫反驳他们，“我是个最诚实的人了，决不撒谎。不信你们看，这是我从埃及带来的面饼，还软和着呢。”说着，他把身上的面饼拿给他们看。

那种面饼的确跟当地的完全不同，人们仔细端详，十分惊奇。围聚过来的人越来越多。于是他的名声一下子在城中传开了，一些人相信马尔鲁夫是诚实的，一些人仍然认为他在撒谎，还在嘲笑他。正在这闹得不可开交的时候，有个富商骑着骡子，带领仆人，打这里经过。他分开众人，说道:“嗨！你们怎么能这样围住一个外乡人，去笑话他，你们不觉得害羞吗？他和你们有什么关系呀?”一下子，他们个个都不敢还嘴了。那个富商最后带着马尔鲁夫来到一间漂亮宽大的房舍，请他在宝座似的椅子上坐下，又命仆人打开衣箱，取出一套价值千金的衣服给他穿。

俗话说得好：人靠衣装。马尔鲁夫的相貌本就不凡，再穿上这套华丽的衣服，越发显得大方气派，变得像是商界巨贾。

富商吩咐仆从摆上餐桌，再端来各色美食，二人吃起来、喝起来。他们一起吃饱喝足后，便坐在一块儿闲谈。

“那么你认识艾哈默德·阿塔鲁老人吗?”

“怎么不认识？他是我隔壁的邻居呀!”

“他如今还好吧?”

“是的，他健康得很。”

“他有几个孩子?”

“他共有三个儿子，大儿子叫穆斯塔发，老二叫默哈默德，老三叫阿里。”

“如今他们都做什么呢?”

“穆斯塔发人很好，是个教师；默哈默德结婚后，子承父业，开了一个店铺，经营香料，并已有了一个儿子，名叫哈桑；至于阿里，他曾是我的小伙伴，我们天天在一起玩耍。”

“我就是阿里啊！我就是艾罕迈德·阿塔里的小儿子阿里啊！马尔鲁夫，我小时候的好朋友！”

马尔鲁夫完全被眼前的一切惊呆了。阿里说：“马尔鲁夫，告诉我吧，你为什么从埃及到这个城市来呢？”

马尔鲁夫再一次叙述了他老婆发额麦的情况和发额麦对他的虐待，他又添问一句：“你为什么到这里来呢？”

“你是知道的，我始终没有机会读书。从7岁开始直到长大成人，我一直四处流浪：从一个地方流浪到另一个地方；从一个城市跑到另一座城市；最后我终于来到这个被人称为‘无诈城’的城市里。城中的人和蔼可亲，无欺无诈，具有同情心，乐于关心、资助那些无依无靠的穷苦人，尤其他们对人轻信不疑。因此，我心生一计，我就对他们说：‘我是生意人，我要寻找一个地方存放货物。’我的话博得了他们信任。之后，我又对他们说：‘目前我需要钱使用，你们谁肯借我一千金币？我的货到了，挣了钱就还他。’他们果然贷款给我，满足我的要求。我就拿这一千金币选购货物，第二天再推销出去，并赚回了五十金币。随后我边买边卖，不断地扩大经营，同时，还经常和当地人联系，以表示我对他们的尊敬。随着我信誉的不断提高，买卖扩大，他们渐渐对我另眼看待，彼此的交情越来越好。就这样，我又买又卖，渐渐的赚的钱多了起来，终于成了远近闻名的大商人。”

阿里在谈了自己的经历和生财之道后，就开导马尔鲁夫像他那样发财致富。

“那我该怎么办呢？”马尔鲁夫问阿里。

“明天我借你一千金币、一匹骡子，还给你一个奴隶走在前头，带你走进市场，走到商人中间。而我自己会在此之前，先去与他们会合。当你一出现，我起身迎接你，问候你，吻你的手，夸奖你的能力。我向你打听货物的情况：‘你是否运来了某种货物？’你马上回答说：‘多得很。’如果他们向我问起你的情况，我便趁机大肆吹捧，说你是百万富翁，为人仗义疏财、非常慷慨。当然我不会忘了嘱咐他们替你物色一所房屋、一间铺子。你仍然可以随便施舍那些前来讨钱的乞丐，让他们相信我没说假话，从而使他们在事实面前对你的富有和豪爽产生敬慕之心。然后，我就招待你，为你招待大家，为你安排与大家一起聚会，这样所有的人就都会认识你，你也会认识他们，你的买卖就好做了，不用多长的时间，你就会变成一位富有的商人。”

第二天，阿里果然按先前的允诺借给马尔鲁夫1000个金币，让他穿上华贵的衣裳，骑上骡子，带着仆人到生意场中去出头露面。马尔鲁夫感谢他的好心肠，然后由仆人引导着来到市场。此时所有的商人都坐在那里了，阿里也坐在他们之中。他一见马尔鲁夫，就站起来，一个箭步奔向他，对他说：“你好，大商人马尔鲁夫！好久不见，非常欢迎你这位著名的慈善家。”说罢，当着众商人的面，吻他的手，马尔鲁夫跳下骡子，商人纷纷上前来对他致以问候。

此时的阿里忙着对商人们进行一一介绍，并请马尔鲁夫回问他们好。然后大家坐下，面对面地交谈起来。商人们问阿里：“这位先生，可是买卖人？”

“不错。他是一直经营生意的商人，是闻名的大商家。他有非常雄厚的资本，在座的恐怕没谁有资格跟他匹敌，因为他继承了祖父、父亲两代人的产业，而他的祖先也是埃及商界中赫赫有名的人物，在印度、也门等世界各地都设有商号。”阿里继续不停地帮他大肆宣传、吹嘘，并表示自己对他感激涕零。以至于大家都把他另眼相看，认为他不同凡响。他们热情地围拢来奉承他，有的敬他糕点，有的为他斟酒喝，甚至于商界的领袖人物也上前来亲近、巴结他。正当商人对他表示竭诚欢迎、敬仰的时候，阿里突然一转话题，对马尔鲁夫说：“主人啊，你这次来是否带来了货物?”

“多着呢。”

马尔鲁夫对商人们问到的一切货物，一概以“多着呢”来回答。随后他对阿里说：“阿里先生，要是你的老乡从贵国运一千驮的贵重布匹到这里，也该是不难的事情吧?”

就在马尔鲁夫跟商人们在一起兴致勃勃地闲谈时，一个乞丐从商人们中间穿过，那些在场的生意人，有的给五角，有的稍微多给几文，但绝大多数的人是一毛不拔。而当乞丐走到马尔鲁夫面前时，他却掏出了一把金币，给了他。于是越来越多的穷苦人前来乞讨。马尔鲁夫一视同仁，有求必应，依次给每人一把金币。不一会儿，1000 个金币就发完了。

于是他拍了拍巴掌，说道：“好！真主给我们安排了生计，给了我们衣食!”

商界领袖人物见马尔鲁夫拍掌叹气，觉得奇怪，便问道：“阁下为何叹气呢?”

“唉！似乎这个城市的大部分人都很贫穷可怜!”马尔鲁夫谈了自己的观感，“要是早知道情况如此，我就会带上一口袋的钱，来施舍给这里的穷人们。现在恐怕我的货驮离此还远，短时间内到不了。我向来不肯拒绝乞讨的人。如果乞丐来到我的面前，叫我怎么办才好呢?”

“这事好办。”商界的领袖领会了他的苦衷和意图，马上打发仆人取来 1000 个金币，借给他做临时的花费。马尔鲁夫将这些钱币施舍给了路过他面前的穷人。直到午祷时候，他才随商人们进清真寺做礼拜，并把剩余的金币分别摆在礼拜者的面前，分送给他们。回到市场，马尔鲁夫又继续借钱，然后慷慨地大肆施舍、救济。直到商场关门，马尔鲁夫已经将借来的 5000 个金币全部施舍尽。他每次向富商借贷，总是对人家说：“待到我的货物到达，我就将金币还给你，要钱还是要布帛，随你选择，反正我的货物多着呢。”

当天晚上，阿里设宴为马尔鲁夫洗尘，大家推举马尔鲁夫坐首席，请商界全体人士作陪。宴会席上的马尔鲁夫，话题一直不离绸缎、布帛、珍珠、宝石，每逢有人提起某种货物，他便抢着说："这些东西，我有很多的。"

第二天，马尔鲁夫又到市场，又去找到商人借钱，分散给穷人。在22天的时间里，他已经向商人们先后借了6万个金币的巨款，而他所吹嘘的大批财物的货驮，却音信杳无，一针一线也见不到，使得借款给他的商人们忧心如焚、惶惑不安，大家议论纷纷。

一些人说："看来我们只有去找商人阿里谈谈吧。"

"你们再耐心忍耐一下，他的货物不久就会到的。"阿里一边安慰商人们，一边找借口送走他们，然后去找马尔鲁夫，问道："马尔鲁夫，你干的这是什么事呀？据说你已向他们借了6万个金币，并全部赏给了穷人们。你又不去做买卖，还有什么进项呀？"

"让他们再耐心地等待吧，等我的货驮运到再说好了。"说罢，马尔鲁夫拔脚就走。

阿里感到自己的事情棘手难办，恰在这时，商人们又找到了他。

"各位商家，非常惭愧。他还欠了我1000个金币，我同样拿他没有办法。你们去找国王，把发生的事情都告诉他，说他欺骗了你们，国王会为你们讨回公道。"

商人们领会了阿里话中的意思，果然去王宫告状，一边诉苦，一边要求国王替他们做主，他们说："主上，我们拿这个沽名钓誉的生意人毫无办法。他大言不惭地吹嘘，说他有许多货驮即将运到，以此向我们贷款。他借了钱，就大把地把金币施舍给了穷人。每当我们谈论某种货物，他就向我们夸口说：'这种货物，我有很多很多。'可过了这么长的一段时间，他的货驮。仍然没有运到的半点消息。如今他已经向我们借了6万个金币的巨额款项，不知他怎么还得起。"

“那我们就考验他一下吧，看看他到底是骗子还是正人君子。”

马尔鲁夫得知国王召见，立即就来到宫中，毕恭毕敬、小心翼翼地问候国王。国王让他坐在自己的身旁。他问道：“你就是商人马尔鲁夫吗?””

“是，小人就是马尔鲁夫。”

“那你为什么不还清债务呢?”

“我已经告诉他们要忍耐几日，等我的货驮运到，我准备加倍地偿还贷款来报答他们的情谊，他们借给我一千，我还他们两千。”

对马尔鲁夫的回答，国王没有感觉到丝毫可疑之处。于是把他那颗非常心爱的、榛子般大、价值千金、独一无二的珍贵宝石递给他。

马尔鲁夫接过，暗中使劲一捏，一下子把那颗脆薄的名贵宝石弄破了。

国王大为吃惊，质问他：“你为什么弄坏我的宝石?”

马尔鲁夫冷笑几声，漠然回答道：“主上，这是什么宝石，分明是一块普通的矿石，陛下贵为天子，怎会把一块矿石视为无价的宝石呢? 不过，你们都可以原谅，你们都是穷人，你们也没有什么珍贵藏品嘛!”

“那么，请问贵商，你是否也运来了宝石?”国王问。

“那还用说，等到我的货物商品运到这里，陛下如果需要，我立刻献出来好了。”

喜不自禁的国王，对马尔鲁夫的债主们说：“回去吧! 你们该干什么就干什么去吧，大家耐心等一等，待他的货驮运到，你们来我这儿取钱好了。”

国王把商人们都打发走以后，就跟宰相商量，有意想招马尔鲁夫为驸马。

“主上，我对此人的言行表示怀疑，我看他是个爱吹牛撒谎的大骗子。希望陛下多个心眼，最好先别提此事，免得无谓地葬送了公主。”

其实，宰相是个野心家，曾经竭力奔走活动，希望娶公主为妻。公主知道后，并没有同意。国王看透他的用心，勃然大怒，骂道：“你是个别有用心的家伙，你想阻止我女儿的这桩美好婚姻，阻止她得到这笔财富?!”

宰相沉默了，唯恐国王惩罚他，对马尔鲁夫说：“国王非常喜欢你，有意选你为驸马，不知你意下如何?”“好的。不过请他国王等一等，等待我的运送货物的驮队到达时方可举行婚礼。跟帝王结亲，费用会很大，因为公主的地位高，我必须给出很可观的一笔聘礼，才能配得上她的身份。我还需要送一套衣服给穷苦无靠的可怜人，此外还必须继续广施博济。如果我的货物运达，这些全都是要做的。”

宰相唯命是从：“随我来吧！国王有话对你说。”

马尔鲁夫满口应诺，立刻随宰相谒见国王。

“你不必再推辞了。”国王对马尔鲁夫说，“你需要的东西，尽管到国库中去取。公主和彩娥宫女们，你想怎样赏赐就赏赐。”之后，国王请来宗教长老，一边为公主和马尔鲁夫举行订婚仪式，一边着手筹备婚典，并下令将城市装饰一新。

在备办丰富的筵席后，便敲锣打鼓地宣布结婚仪式开始。马尔鲁夫端坐在椅子上，接受人们的祝贺，观看着各种各样的表演。马尔鲁夫吩咐库管取来金币银币，一把一把向来宾撒去，还不断分发衣物。人逢喜事精神爽。此时的马尔鲁夫喜气洋洋，快活极了。库管的忙里忙外应接不暇，不断地从国库中取出财物供马尔鲁夫随便施舍，任意挥霍。

豪华的婚礼大操大办了40天，才算落下了帷幕。朝臣和文武官员都列队参加仪式。他们把打扮得像仙女般的新娘引进礼堂，马尔鲁夫得意忘形地拿金币当喜钱，随手撒向人群，并认为此举是为尊重新娘。这次，他又花掉了为数不小的一笔巨款。盛况空前的婚典仪式举行完毕后，宾客送马尔鲁夫进入了洞房，才算尽欢而散。马尔鲁夫坐在高脚椅上，神气十足，右手捏起拳头，重重一拳打在左手掌中，装模作样摆出很受委屈的苦恼面孔，沉默了好一阵，然后又拍拍手掌，才唉声叹气地说道：

“你的父亲打乱了我的计划。我怎能不忧愁苦闷呢?”

“怎么会这样呢？能告诉我吗?”

“他让我们在我的货物到达之前就结婚。先前我打算至少拿出一百颗宝石，送给你的奴仆做纪念，每人给一颗，让他们欢喜快乐地说：‘这是我们的主人合卺之夜给我的一颗宝石。’这种赠送纪念品的方式，其目的是让你更风光体面啊！我是毫不吝惜于分送大批宝石的，宝石这种玩意儿我有的是。”

“夫君，不必去管这样的事情。我不会多心的，我这方面完全可以等到你的货驮运到再说。待你的货驮运到，再行赏赐不迟。”

新婚的第二天，马尔鲁夫在澡堂沐浴后，换上宫服，衣冠楚楚地进宫谒见国王。众多官员见他来到，赶忙起立，迎接他。

“快去给我取衣服来!”他吩咐库管道，“所有大臣、亲王、达官显要们，每人一件。”

库管们听命从国库中取来大批衣服，按照马尔鲁夫的吩咐，诚惶诚恐地把衣服一一赏给朝臣官员们。

已过了整整 20 天，还是没有见到马尔鲁夫的货物到达。这时候库管的感到有些为难了，趁马尔鲁夫不在的时候，偷偷地求见国王。

此时只有宰相在国王身边。

“爱卿，那我们现在怎么办呢?”

“主上，只有妻子才能探听丈夫的秘密。陛下可以找公主来，请陛下把公主叫过来，藏在帘子后面，我来问她关于驸马的情况，我们便可以探明他的底细了。”

国王与宰相一起来到后宫并让他待在休息室里，派人趁马尔鲁夫不在的时候请出公主，叫她隐在帘后，然后对她说：“女儿啊，宰相有话对你说。”

“公主，你要知道，你的丈夫挥霍了你的父亲的钱财。他没有掏一文钱做聘礼就娶了你为妻，而且经常大言不惭地给我们许下诺言，却都不能兑现。”

“我知道怎么考验他了。”

公主听从宰相的指使，当面对国王作出保证，这才姗姗归去。

当天晚上，马尔鲁夫像往常一样进房休息。公主便根据宰相的指示，向丈夫大献殷勤，终于把丈夫灌得迷迷糊糊神志不清。

马尔鲁夫听了公主甜言蜜语的一番启发，满心信任她于是，马尔鲁夫对公主讲了自己的故事，从头讲到尾，详细地叙述了一遍。

公主知道丈夫的全部底细后，嘱咐道：“你去穿上奴仆的衣裳，带上我的私房钱共计5万个金币，骑上马，逃到一个我父亲管不到的地方，你在那里当一个商人。现在你快去准备，星夜逃去，别等到天明落在他们手中，就后悔莫及了。”

“夫人，看来目前没有比这更好的方法了。”马尔鲁夫非常感激公主，立刻起身，边换衣服，边命马夫配备骏马，告别公主，在夜色就要退去的时候逃出城去。途中碰到他的人，都以为他是一个外出办事的奴仆，未敢阻挡。

第二天清晨，宰相陪国王到休息室，然后派人去请公主。公主来到帘子后面，“昨晚我丈夫回到房中，我还来不及跟他交谈，太监菲勒便送来了一封信，对我说：‘有十个奴仆站在宫门外，递这封信给我，并对我说：劳你代我们吻我们的主人马尔鲁夫，把这封信交给他。我们是他的仆人，给他运货驮来了。据说他跟公主结婚了，因此我们赶到这里来报告途中的遭遇。’我接过信来，拆开，见是他的500名仆从联名写给他的。

我丈夫听了消息，喟然叹道：‘唉！他们这是何必呢，为了区区二百驮布帛去跟匪徒拼？’

因这点小事而延期就太不应该了，二百驮布匹充其量不过值 7000 个金币。看来我非亲自出马催促他们不可了。匪徒抢劫的那个数字，对整批货驮来说，根本算不上什么损失，就当我给他们的施舍吧。’于是他离开我，总而言之，事情差一点坏在宰相身上，是他信口雌黄，拿流言诽谤我的丈夫呀。”

“儿啊！事情还没到那一步。真值得庆幸。你丈夫的钱财很多，因此他才不考虑什么损失。”国王板起面孔，毫不留情地将宰相臭骂一顿。

再说马尔鲁夫照公主的安排，在荒原漠野中艰难跋涉了一夜。中午时分，他来到一个小村庄，见一个农夫赶着两头水牛在田里耕作。他饥寒交迫，他向农夫走去。农夫见是一个官宦模样的人站在田边：“请下马来，让我款待你一下。”农夫觉得他是一位善良的旅客。

“村庄既然不远，就不必麻烦你来回折腾，我就自己去吧。”

“老爷，这个村子很小，没有市场，也没有人做买卖。向安拉起誓，我能伺候你这样的人，是小人的荣幸。请你稍事休息，我回去取，尽快回来。”

马尔鲁夫接受农夫的热情邀请，下了马，待在田边。农夫一溜烟回村庄取食物去了。马尔鲁夫自言自语道：“这个好心的农夫，自己这么忙，为了我而将耕作的时间耽误了，我也应该帮助他犁犁田耕耕地，可是刚犁了一会，犁头就被什么东西卡住了，老牛怎么使劲拖，仍纹丝不动，索性站住了，他鞭打牲口，它也不动。

他放下犁柄，仔细打量，原来犁头插进一个金环给绊住了。他刨开土，见那金环系在一块石磨盘般大的云石上。怀着好奇心，他费力搬开石头盖，看到原来这是一个石洞的洞口，里面有阶梯到达一幢宽敞的地下室。他仔细察看，见里面有四间房屋，建筑式样犹如华丽的澡堂：第一间堆放的是黄金，从地面垒到屋顶；第二间是绿宝石、珍珠和珊瑚，从地面垒到屋顶；第三间是玛瑙、翡翠和松石；第四间则是钻石和各种宝贵的金属制品。房屋的正中央摆放着一个透明的水晶匣，匣中盛着稀有的珍贵宝石，每颗宝石跟椰子一般大。水晶匣中还陈设着一个小巧玲珑、柠檬大小的金盒子。看见这么多的宝物，他惊诧得几乎发狂，心想："那盒子里一定是稀世宝物。"他过去，拿起金盒，打开一看，原来里面盛着一个金戒指：上面刻着名字与符咒，如同蚂蚁爬过留下的痕迹。

他取出戒指，视如珍宝，手指无意碰到了戒指一下，接着便听见一个声音在对他说："我的主人，你有何吩咐，请说吧！我都可以立即满足你的要求。"

"我需要这个宝库中的所有宝物，你能把它们给我搬出去吗？"

"完全可以。我的主人。"

"好，那你就按要求把所有的宝物都搬出去，一件也别留下。"

戒指神手指向大地，大地裂开了一条缝隙。他钻进去，隐没了片刻，这时，戒指神再次现身，对马尔鲁夫说："报告主人，里面已经没有东西了。"

"能够给我带几头骡子和箱子来吗？把宝物装在箱笼中运走？"

"再简单不过了，可以马上完成！"艾比·塞尔多图应诺着大声一喊，他的800个孩子闻声出现在他的周围。他吩咐孩子们："你们当中，一部分去变骡子；一部分去变好看一些的宫廷奴仆，至少是都找不出来的奴隶——一半变成马夫，一半变成仆役，然后前来执行这位主人的命令。"

马尔鲁夫看着这一切，接着问："箱子在哪里呢？"

戒指神的仆从立刻给他拿来箱笼。他吩咐他们："把金银、珠宝分类装在箱笼里！"仆从们遵循命令，把财富分类装箱，配搭成300驮，预备运走。

马尔鲁夫忽然想起还需要布帛，便对戒指神说："艾比·塞尔多图，你能够给我再带来一些精美的布匹吗？"

"我的主人，请稍稍宽容我一些时间吧，因为我要打发仆从，立即分头去各地收集布帛，并叫他们变成骡马，将它们驮来满足你的愿望。”

戒指神立刻吩咐仆从搭起帐篷，摆出筵席，让马尔鲁夫坐在帐篷里休息、吃喝。

马尔鲁夫愉快地坐在帐篷中，面前摆着丰盛的筵席，戒指神的孩子们像忠实的奴隶，忙里忙外地伺候着他。

这时候，那个回村预备饮食的农夫已经赶来，带来了一盘扁豆、一袋大麦，准备招待马尔鲁夫，并帮他喂牲口。马尔鲁夫见状，高声唤他，并吩咐仆从们：

“把这位农夫带进来吧。”

仆从们遵循命令，涌到帐外，把农夫本人和他身边的大钵、马鼻袋一起带进帐篷，把扁豆、草料摆在马尔鲁夫面前。

“你我萍水相逢，你却像老朋友一样盛情款待我，让我感激不尽。你带来的饮食虽然只是一钵扁豆，但盛情是我没齿难忘的。”于是他吩咐农夫把装着扁豆的盘子放在桌子中间，边吃扁豆，边请农夫享用席中的山珍海味，直至吃饱喝足，才洗手退席，将吃剩的饭菜都赏给仆从们。马尔鲁夫又吩咐仆从们盛了一钵金子，送给农夫，对他说：“拿回家去吧！假如你有机会去京城，我会好好答谢你的。”

第二天清晨，只见尘土飞扬，原来是驮着700驮子布匹的700个骡子走过来了，除驮布匹的骡马外，还有许多奴仆护送。而艾比·塞尔多图俨然是个大老板，骑着骡子，在马帮前开道引路。在他之前，还有一顶驮轿，镶嵌着黄金与珠宝，由四个兵丁抬着，预备让马尔鲁夫乘坐。

马尔鲁夫写好信，递给戒指神，让他立刻赶往无诈城，送交国王。艾比·塞尔多图领命迅速赶到城中，立即入宫。此时国王正和宰相坐在一起谈话。戒指神出现在国王面前。

“你是谁，你有什么事情呢？”国王问艾比·塞尔多图。

“我是替驸马爷送信的差人。这是马尔鲁夫大老爷的信，请陛下过目。驸马爷带着驮队就要到来了。”

国王读完信，方知马尔鲁夫携带货驮在归途中，需要派人去接，顿时高兴得手舞足蹈。

国王兴奋不已，立刻下令装点城池，准备热烈欢迎驸马归来。他又来到了公主那里，对公主说：“女儿啊，你丈夫携带货驮就要回来了。消息千真万确，是他亲手写信告诉我的。我现在就出去迎接他。”

艾比·塞尔多图在完成送信任务后，立即赶回去见马尔鲁夫，向他汇报了情况。此时的马尔鲁夫身穿袍子，坐在金碧辉煌的驮轿里，一行人浩浩荡荡上路，其威风的程度，更比那皇室胜过一千倍。而国王早已率领人马出城来夹道迎接他。

马尔鲁夫回到宫里，坐在椅子上，便开始发号施令起来。他吩咐仆从把黄金货物都献给国王，搬到库里，其他珠宝布帛都搬到他面前打开。马尔鲁夫分完了布匹，便随手拿起珍珠、宝石等名贵的宝物赏给士兵，按人头每人给一把。

这时候，库管的人惊惶失措地奔到国王面前，报告说：“主上，国库已经装满了！可还余出许多金银财宝，不知应该放到什么地方去。”

国王十分欣喜，命令库管的人为装剩的金银财宝另辟仓库，设法妥为储藏。

马尔鲁夫就去见公主。公主照例是高高兴兴地笑脸相迎，吻他的手。他起身退到隔壁房里，擦了一下戒指，戒指神出现在他面前，说道：“主人，有什么吩咐？”

“我要你给我妻子预备凤冠霞帔，一套簪环首饰，并带上一串由40颗名贵宝石制成的项链。”

公主穿戴起来，那些宫女们看到了，也都很高兴大家争着吻马尔鲁夫的手，令马尔鲁夫非常高兴。马尔鲁夫将宫女们召唤到他面前，他给了每人一件衣裳配上相应的首饰。于是她们都欢欢喜喜地穿戴起来，一下子，都变得仙女般美丽。当然，那公主在她们之中，就像是被众多星星捧着的月亮。

公主穿戴凤冠霞帔的消息传到国王耳中，国王即刻赶来，他立刻召宰相进宫，跟他谈了自己的见闻，并征求他的意见。

“主上，这不像一个商人的举止。”宰相发表了他自己的意见，“照理说，生意人是唯利是图的，以赚钱为目的。要是陛下愿意，我就来查查事情的真相。”

“好的，就按你的意思办吧。”国王采纳了宰相的建议。

“那就请陛下多接近他，亲切地和他交谈，尽量说些悦耳的话奉承他，待他放松警惕后，找个机会约他去御花园散步。要是他贪图王位呢，就散发钱财去调动军队，给你出难题，把你王位给夺走了。”

“你说得对。”国王也认同宰相的说法，并决定明天就照他的计策行事。

当天晚上，国王带着复杂的心情熬过了一夜。

第二天，国王和宰相陪马尔鲁夫闲谈了一会，随即转向正题说：“贤婿，我想叫上你和宰相一起去花园游览游览，你说好吗?”

“非常愿意。”马尔鲁夫接受了国王的邀请。

国王、宰相和马尔鲁夫三人并肩漫步走进御花园，听宰相讲那些动听的故事和令人捧腹的笑话。

中午，宰相吩咐摆出酒席，并自告奋勇地起身敬酒。

见马尔鲁夫喝得酩酊大醉，迷迷糊糊，宰相这才大胆地对他说：“富商马尔鲁夫！我好奇怪呀！你的金银财宝是从哪里搞来的？这些宝贝连帝王都没有呀？你告诉我，好让我知道你的本事、你的地位。”

迷糊中，马尔鲁夫经受不起宰相的引诱、欺哄，果然酒醉吐真言，他从头至尾地讲述了自己的故事。

“我们的主人马尔鲁夫！你所讲的这些真令人难以置信。你能把你的戒指展示一下吗？也让我饱饱眼福，看它怎么变化吧！”

马尔鲁夫醉眼朦胧，摘下戒指，抛给宰相：“接着，拿去看吧！”

宰相接住戒指，翻弄着看了一会，问道：“我摩擦它，那个神王会出现吗？”

“不错，你一擦，他就出现了。”

宰相一擦戒指，果然就有人对他说：“有什么吩咐？我的主人。无论你命令我做什么，我都会为你做好。”

突然间，宰相伸手指着马尔鲁夫吩咐道：“快将这个倒霉鬼送到最荒凉最偏僻的地方去吧！”

戒指神遵从命令，抓住马尔鲁夫，飞向空中。

马尔鲁夫经冷风一吹，酒已醒了大半。

不觉之间，他被带到了一处荒无人烟的偏僻地方。戒指神把他扔在那里，然后就回去了。

宰相夺了马尔鲁夫的戒指，洋洋自得，对国王说：“我告诉过你他是个大骗子，你还不以为然，现在怎么样？”

“你的分析有理，爱卿！愿安拉保佑你！现在请你把戒指也借给我看一看。”

贪婪的宰相立刻对国王怒目而视，冷笑道：“你的头脑如此简单，还配让我来伺候你！快把这个没脑子的家伙也送到他女婿身边去吧！”

戒指神遵从命令，带着国王向抛弃马尔鲁夫的那个地方飞去。

在国王被抛弃的那个荒无人烟的偏僻地带，他忽然听见马尔鲁夫凄惨的哭泣声，就走到他跟前，把自己的情况告诉他。翁婿两个人同病相怜，泣不成声，在饥饿线上等待死亡。

宰相把马尔鲁夫与国王送到荒凉的地方去之后，他就离开了御花园，奔到宫中。他野心勃勃地对众人说：“如果你们不拥护我为国王，我就命令戒指的仆人把你们都送到那荒无人烟的荒漠中，让你们在那里饿死、渴死。”

“我们愿意选你当国王，决不违背你的命令，可别处罚我们呀。”朝臣和文武百官在宰相的淫威下只得苦苦哀求，被迫承认他为新国王。

宰相登上了国王的宝座。随之宣公主来见，说自己如何如何爱她，愿立刻娶她为妻，已定于当晚举行婚礼，叫她做好准备。

听到噩耗的公主，早已泣不成声，迫不得已，公主只好假装同意，再见机行事。因此她回复说：既然他急于成亲，那就今晚操办吧，她会非常欢迎。

听说公主已同意，宰相满心舒展快乐，因为他早就对公主垂涎三尺，直到今天才算了却心愿。宰相命令大操大办婚礼，大宴宾客。

当晚，宰相便走进了公主的房间。见公主穿戴最华丽的衣服、首饰，打扮得花枝招展，仙女般美丽可爱。突然，公主喊叫起来：“哟！我的老爷！有个男人正在偷看我们呢！安拉神啊，你向他起誓，快遮住我吧！你能任随这个男人这样看着我吗？”

“在哪里？在哪里？”宰相火了。

“那个男人在你的戒指里呢，他伸头看我们了。”

宰相脱下戒指，塞在了枕下。就准备去与公主搂搂抱抱亲亲热热。可是没想到，公主早有准备，猛然一脚踢在他的胸膛上，登时宰相痛得昏倒过去。她见宰相躺在地上不再动弹，便叫来40个婢仆，把宰相捆绑起来。公主随即取出枕下的戒指，擦了下。戒指神立刻出现在她的面前，说道：“我应命来了，女士有何吩咐？”

“我的父王与丈夫现在何处？”

“他们现被抛弃在荒无人烟的偏僻地方。”

“那我命令你把他们立刻找回来。”

“明白，立即照办。”戒指神应诺着随即消失，飞到那荒无人烟的荒漠，见国王和马尔鲁夫正在那里哭泣，痛不欲生。他将宰相的所作所为讲给他们听，又对他们说：“我奉公主的命令，亲手将他关进了监狱，又前来解救你们二人。”

国王和马尔鲁夫听了喜讯，欢喜若狂，马上随戒指神飞回宫中。公主起身相迎，向他们致以问候，让他们坐下，摆出食品让他们享用。

第二天，公主自己和丈夫都穿上最华丽的衣裳。之后，国王带着驸马入朝听政，重理国事。文武百官简直不相信自己的眼睛，祝福国王和驸马。国王面带笑容从容登殿坐上宝座，先把脱险的过程告诉文武百官，然后下令装点城池，并同时提审宰相。国王审问宰相的罪行后，命手下将宰相处以死刑，并焚毁尸体。从此翁婿携手合作，共同治理朝政，王国上下一派繁荣，百姓安居乐业。

日子过得真快，不知不觉 5 年过去了。第六年，国王因多年操劳，卧床不起，一命归天。宰相马尔鲁夫在全体臣民的拥戴下继承了王位。此间公主怀孕，生下一个漂亮的王子。国王马尔鲁夫视其为掌上明珠，为自己有了继承人而欢喜，全力抚养教育，希望他长大成人，继承王位。但就在太子 5 岁那年，已经做了王后的公主也身染重病。

王后把手上的戒指摘下，递给马尔鲁夫，再次交代，次日便闭目而去。马尔鲁夫含泪葬王后，并忍着悲痛继续处理国事。有天，他终因抑不住悲伤情绪，让朝臣们提前下朝，自己回到后宫，一个人孤单寂寞地坐到天黑。一些达官要员又像往常一样走到他跟前，谈笑风生，为他开心取乐。直至半夜时分，他们才离开，回家去了。

马尔鲁夫在睡梦中忽然被响声惊醒，睁眼一看，身旁站着一个丑恶可怕的女人。“你是何人？要干什么？”他惊恐地问道。

“别害怕，我是你的老婆发颓麦。”

她倾诉着自己的遭遇，让马尔鲁夫大为吃惊。最后她说：“昨天我乞讨了一整天，也没有一个人给我一点东西。我忍受不住，又大声哭泣起来。这时，眼前突然出现一个巨人，问：‘这位妇人，你为什么哭泣？’

‘我原本有个丈夫，靠他养活我，可是他已失踪很久了，我一直不知道他的去向。’‘哦，我知道你丈夫的下落。’巨人说。‘告诉你吧，你丈夫如今已是一个王国的国王了。要是你愿意，我可将你送到他身边。’我说：“‘我就求你带我去吧！’”

于是，他便带我飞腾起来，最后落到这幢宫殿里。

听了发额麦的诉苦，马尔鲁夫顿时想起从前的苦难日子，抑制不住心头的怒火。

她不断地哀求，直到马尔鲁夫动了恻隐之心，怜悯她，对她道：“你若能彻底忏悔，我会收留你、善待你的。如果你再做坏事，我就杀了你，也不用担心有人反对。你要知道，我现在可是国王，如果你想和我在一起生活，我会为你腾出空闲的宫室，给你铺丝绸被子，让20个女仆伺候你，为你安排好的饮食、华丽的衣裳，你就成为王后，你会住得称心如意，直到你我老死。你认为这话如何呀？”

“我愿意跟你一起生活下去。”她毫不犹豫地说，并当即吻他的手，表示诚心悔过。

马尔鲁夫信守诺言，给她一处独立的宫殿，派宫女、女仆去照顾她，让她成为王后。

马尔鲁夫只是以慈善之心对待她，一直供养着她。

发额麦看见马尔鲁夫不和自己亲热，终日醉心于宫中漂亮的妃子，嫉妒之心陡起。最后她心一横，决心报复，于是打定主意去偷戒指，杀死他们父子，然后自称女王。主意已定，她便开始行动。现在发额麦为达到她那罪恶的目的，想趁他熟睡的时候，暗中偷走那枚戒指。

当天夜里，太子还未睡觉，无意中发觉王后没有在自己的宫中安歇，却蹑手蹑脚地溜到了父王的房间，顿觉奇怪，于是他轻手轻脚暗地里跟踪她。

她把戒指拿到手，拔脚就走。王子藏在门背后，待她跨出门槛，要擦擦戒指的时候，王子手执宝剑冲她的脖子刺去，她大叫一声，倒地而死。

马尔鲁夫被尖叫声吵醒，出来看个究竟，只见王后倒在门前，身下一片血泊，同时见太子手持宝剑，凛然站在尸体旁边。

马尔鲁夫听了叙述，惊喜交集，立刻在发颓麦的四肢处翻找，却不见了戒指的踪影。最后，发现戒指还紧紧地捏在发颓麦的手里。他取回戒指，镇定情绪，然后唤来仆从，把王后图谋不轨的行径告诉了他们，并吩咐暂且抬走尸体，预备入殓埋葬。

马尔鲁夫一心向往安静生活，希望能平静地安度晚年。他派人去找来那位农夫，将他封为宰相，把他看作是自己的朋友与兄弟，共享荣华富贵。当他得知农夫有个聪明贤惠的女儿，便娶其为妻。他们快乐的生活在一起，彼此在君臣的关系上，又增加了一重眷属的关系。

转眼间就过了几个年头。这时候太子逐渐长大成人。马尔鲁夫给儿子物色对象，替他建立了美满家庭。于是他和儿子、儿媳一起，一直过着美满幸福、舒适愉快的幸福生活。

睡着的人和醒着的人

据说在哈伦·拉希德·哈里发统治时期，在巴格达有一个商人，他有个名为阿布·哈桑的儿子。商人去世后，给他留下许多遗产。阿布·哈桑把父亲的遗产分做两份：一份储藏起来，一份拿来供开销之用。阿布·哈桑整日与波斯人和商贾子弟为伴，花天酒地，吃喝玩乐。随着阿布·哈桑的随意挥霍，很快就把钱花光了，变得一无所有。为了生活，阿布·哈桑找那些纨绔子弟请求帮助，然而没有一个人帮助他，甚至都不肯理他。

阿布·哈桑感叹世态炎凉，跑到储藏另一半财产的地方，将钱取出，用这些财产过着安分守己的日子。从那以后，阿布·哈桑发誓再也不跟过去的公子哥们来往，只交外乡人为朋友，而且与这外乡人结交只以一夜为限，酒足饭饱之后，次日黎明便分手，从此各奔东西，不再往来。

就这样不知不觉过了一年。一天，阿布·哈桑像往常一样，照例坐在桥头，等待外乡人的到来。恰逢当今国王哈里发与护卫马斯鲁尔乔装成商人微服路过。阿布·哈桑看见两个他不认识的人途经此处，便站起身走上前去向他俩致敬。

哈里发被他纠缠不过，答应了他的请求。哈里发刚刚在客厅里坐好，主人就端上小菜，于是，哈里发和阿布·哈桑两人坐下边吃边聊。

阿布·哈桑说道："我必须向你讲述'无赖汉和厨师的故事'。"

从前有一个无赖汉，穷得身无分文。无赖汉走在街上，路过一家饭店，见饭店门前摆着几口大锅，锅内热气腾腾，散发出扑鼻的香味。厨师站在锅边，准备给顾客送菜。此刻，无赖汉已饿得饥肠辘辘，管不了那么多了，就硬着头皮走入店内对厨师说道："给我来五角钱的肉，5 角钱的饭菜。"无赖汉找了个位子坐下，一会儿饭菜就端上来了。无赖汉开怀大嚼，一会工夫便把饭食吃完，连盘子也舔得干干净净。他准备离开，但身无分文，一时进退维谷。

他仔细地打量着店内的物件，突然，看到一条刚剁下来的马尾巴，此时还鲜血淋淋。无赖汉当即明白店主把马肉混在牛肉里卖给顾客。发现这个秘密后，无赖汉高兴得不得了，洗完手，昂着头，若无其事地走出店门。

厨师无法忍受，抓起无赖汉的领子，叫嚷道："诸位穆斯林的兄弟们，你们快来看啊！这小子是我今天头一位顾客，吃了饭，没有付钱就想走。"

人们全都围过来瞧热闹，纷纷责备无赖汉："什么地方有吃饭不给钱的?"

无赖汉说道："我确实给他钱了。"

骂着骂着两人就开始动起手来，扭打在一块儿。人们围拢过来观看，把两人拉开，说："有话好好说。"

无赖汉说道："我以安拉的名义起誓，我俩打架是事出有因，那原因就是一条尾巴。"

厨师明白个中缘故，于是便说："哦！没错，没错，你提醒了我，你果然付过一块钱。来吧，我这就把余钱找给你。"

故事讲完后，阿布·哈桑说："先生，我跟您讲的这个故事，事出有因。"

哈里发微笑着道："你讲的故事实在太有趣了！现在你就讲讲你自己的故事吧。"

主人说道："我非常乐意。先生，我叫阿布·哈桑，先父过世后给我留下很多财产。我将财产分成两份。一份储藏起来，一份用来开销。我跟朋友同伴们与很多商人子弟一起尽情吃喝玩乐。就这样，没过多久，我就将那部分钱花完了，落得个身无分文、一贫如洗的下场。这时，我去找原先那些酒肉朋友，希望他们帮助。我将他们找了个遍，却没有一人理我，没有一人救济我。于是我不得不拿出另一份财产，今后再也不跟那些酒肉朋友交往，因此我才对你说：'友情只在此夜，从此形如陌路。'"

听了阿布·哈桑的讲述以后，哈里发国王不禁放声大笑道："小兄弟，关于这桩事，你是情有可原的。我是想和你经常往来的。"

阿布·哈桑说道："我的客人，我早已说过'友情只在今夜，从此形如陌路'我绝不可能再跟任何人交往！"哈里发对主人说道："我的好兄弟，你心中是否有什么愿望需要满足？或者有什么怨气需要发泄？"

阿布·哈桑说道："如果有一天我掌权得势，非把内心的怨恨发泄出来不可。"

"我的兄弟！请将你内心的怨恨说出来吧！"哈里发国王说。

阿布·哈桑说道："假如有朝一日我坐上国王的位置，我非要好好报复我的邻居。我家旁有一座清真寺，里面住着四个老头。每当有客人来拜访我时，他们就有意找茬儿，对我出言不逊，并且威胁我说要去哈里发国王跟前告御状。他们真是欺人太甚了！我真希望有一天，把他们每人重打400大板，叫他们当众游街，还要一路喊：'这便是恶语毁谤、破坏其他人幸福生活的报应。'这就是我心中想要发泄的怨气。"

哈里发仰起脖子，一口喝完杯里的酒，接着又斟满酒，在酒杯里放了一片麻醉药，把它递给主人，说道："我的好兄弟，请干了我手里这杯酒吧！"

阿布·哈桑接过酒杯一饮而尽。一会儿工夫，他便倒在地上，像个死人。但哈里发走到门口，对马斯鲁尔说："把那个年轻的房主人背出来。你把他背到宫中来见我。"说罢，就急匆匆地离开了。马斯鲁尔走入屋内背上阿布·哈桑，关上门，急忙跟着国王入宫。马斯鲁尔将阿布·哈桑放到国王的跟前。

国王对着他笑了笑，派人把宰相贾菲尔请来，指着阿布·哈桑向贾菲尔说："看到这年轻人了吧！如果明天你看见他坐在我的皇位上，穿着我的皇袍，你不要惊诧。你还要告诉满朝文武百官还有朝内人士，叫他们彬彬有礼地站着不要动。要像侍候我那样好好侍候他。"贾菲尔领旨后就离开了宫殿。哈里发又叮嘱宫女们说道："假如明天这个睡着的人醒来后，你们要在他面前叩吻地面，要围在他四周为他服务，给他穿上国王的服装，要像侍候哈里发那样侍候他。决不可以有半点不从。你们要对他说：'你就是哈里发！'"随后又叮嘱她们怎么做怎么说。之后，哈里发来到一个空房里，倒头就睡。

阿布·哈桑喝了下过药的酒后一直沉睡着，直到东方发白，太阳升起。他刚睁开眼就看到一个侍女走到他面前，说："主人，早上好！"听了这句清晨的祝福，阿布·哈桑感到困惑不解，不禁想："我不会是在做梦吧？难道我是在天堂？"话刚说完，又躺下准备继续睡觉。这时，听到一个仆人在耳边说："陛下，这可不是您的习惯。"宫女们全跑上前来，把阿布·哈桑从床上扶起，给他穿衣。

当他再睁开眼的时候，看见自己竟坐在距地几尺高、用绫罗锦缎织成的皇位上，在他胳膊下放着两个软绵绵的垫子。阿布·哈桑向四周打量了一番，看见这个房间非常宽敞，他用力咬了一下手指，自己疼得大叫起来。哈里发国王在帘后望着阿布·哈桑的一举一动，开心地放声大笑起来。

阿布·哈桑喊来一个宫女。宫女行礼后说道："陛下，有什么吩咐？"

"谁是众民领袖？"阿布·哈桑问道。

那人答："您就是啊，陛下。"

随后阿布·哈桑又问另一个人："哦，我的总管，我真是国王吗？"

那个奴仆回答道："以安拉起誓，陛下，您正是穆斯林的众民领袖。"

阿布·哈桑笑了一下，以为肯定是自己神志不清，更加困惑不解，说道："一夜工夫我就成了哈里发国王？昨天我还是阿布·哈桑，今天我却变成了众民领袖？"

此刻，奴仆总管走上前来说："陛下，您真的是众民领袖哈里发呀！"这个时候，所有宫女和奴仆们全都拥上来；阿布·哈桑跪在上面祈祷。

祈祷完毕，宫女、奴仆们又跑到跟前给他穿上皇袍，又往他手中塞了一柄宝剑。

这个时候，奴仆总管走进来说道："陛下，管家要求见您。"

阿布·哈桑说道："叫他进来吧！"

管家走进来，吻着地面对国王说："早上好，陛下！请您站到地上。"

阿布·哈桑起身，下床站到地上。众奴仆簇拥着阿布·哈桑一直走到大殿，侍候他坐到国王宝座上。阿布·哈桑看见 40 道垂着帷帘的拱廊内，站满了文武百官，刀斧手们手执弯弓宝剑站立四周，一派阿巴斯王朝鼎盛威严的景象。

阿布·哈桑坐到王位上，把宝剑放在大腿上，所有人都叩拜，三呼万岁，并祝他万寿无疆。此刻宰相贾菲尔走到前面，吻着地面说："愿你的幸福之光永远普照，全帝国的哈里发、众国土的统治者！"

贾菲尔刚刚讲完，阿布·哈桑突然高喊道："走开，你们这群巴尔马克家族中的狗奴才。你与这个城里的警长给我立刻到某条街的某户人家里，赏给阿布·哈桑的母亲 100 个金币，并代我向她问候。事情办完后再到一个清真寺去，将寺里住着的四个老头分别打 400 大板，然后让他们骑上牲口，在城中游行示众，还要把他们驱赶出城。游街时，派一个人在前边大声叫喊：'这便是恶言毁谤、破坏他人幸福生活的下场！'你们都听懂了吗？"

贾菲尔接到圣旨后，马上去办阿布·哈桑吩咐的事。阿布·哈桑坐在哈里发的宝座上，发号施令，让文武百官去执行，直到傍晚，才让朝臣们散去。文武百官才听从阿布·哈桑的命令行事，接连不断地散去。此刻，朝里剩下的官员已经没有几个了。阿布·哈桑看到天色已晚，望着大总管与朝里仅剩的几位大臣，喊道："退朝!"这时官员们才行礼祝福他后离开。

午夜时分，哈里发暗暗喊来一个宫女，让她给阿布·哈桑的酒杯里放一粒迷药。宫女听命，阿布·哈桑举杯一饮而尽，立时倒在地上不省人事。哈里发命令马斯鲁尔把阿布·哈桑背回到原来的地方。马斯鲁尔背起阿布·哈桑，把他送回家中，轻手轻脚地关上门，返回宫，向哈里发汇报。

阿布·哈桑一直昏睡着，直到天明才苏醒。高声叫喊："托芳！米斯卡!"他不停喊叫宫女的名字，但无人应答。他母亲听到他的呼唤，赶紧跑到他面前，说道："我儿呀，快醒醒！你在做梦哩!"阿布·哈桑这才睁开双眼，见一个年老的女人站在自己跟前，就问："你是谁?"老妇人不得不回答道："我是你母亲啊。"阿布·哈桑训斥道："你撒谎，你这晦气的老太婆。我是哈里发!"母亲叫嚷道："你清醒清醒吧，孩子，要是有人听见你说这话，把它告到哈里发那儿，我们全家性命财产就难保了!"

"孩子，还有令人高兴的事。昨天宰相贾菲尔带着许多人，将清真寺的四个老头狠狠地打了一顿，又把他们游街示众，并把他们赶出城去，还派人在全城宣布：这就是伤害邻居、破坏他人安乐生活的人的报应。不只是这些，哈里发还赏给我100个金币，而且还问候我呢。"母亲道。

听到这些话，阿布·哈桑叫喊起来："你这晦气的老太婆，你敢蔑视我吗？我是万民领袖。你是个骗子，将我耍得如同一个白痴!"母亲被追得满屋子跑，大声叫喊："救命呀，穆斯林们!"街坊们听到母亲的呼救声，全围过来，认为他一定是疯了。

人们走进屋去，把他抓住，前呼后拥，将他送进了疯人院。院长问：“这个人怎么了?”

众人回答道:“这个人恶魔缠身，是个疯子。”

阿布·哈桑叫喊道：“以安拉起誓，他们全在撒谎！我不是个疯子，我是万民领袖!”

听到此话，疯人院院长说：“看起来不是他们在说谎，而是你真的疯了。”说罢，院长命人将他的衣服脱光，在他脖子上套上一条粗铁链，把他绑在窗台上，命人天天打他，折磨了他 10 天。此刻，母亲走过来对他说：“孩子，我的阿布·哈桑，快快恢复理智吧！这都是魔鬼作的恶呀!”阿布·哈桑说道：“妈妈，快救救我吧。”于是，母亲请求院长释放她的儿子。

这件事情发生在这个月的前几天。到了月底，阿布·哈桑又重新想交友待客。他坐在桥头上，哈里发又领着马斯鲁尔从桥上经过。阿布·哈桑看到他们走过也没向他们打招呼，冷冰冰地对哈里发说道：“我不欢迎你的到来。你是一个魔鬼。”

接着他一五一十地把那天发生的情况和他的遭遇告诉了哈里发。哈里发听后，忍俊不禁。

但哈里发还是安慰道:“不管怎么说，我替你报复了那四个老头。”

阿布·哈桑说道:“你要保证不再施魔法捉弄我。”

“没问题!”

阿布·哈桑又把哈里发领到自己家里，为他端来各种美食佳肴，陪他吃喝。将自己的那段经历又讲了一遍，哈里发笑得连腰都直不起来。

哈里发悄悄在阿布·哈桑的酒杯里放了一片麻醉药，然后递给他说：“你把这杯酒喝下去。”

阿布·哈桑吐字不清地道：“干!”接着一仰脖把酒喝光，随后就倒地不省人事了。

哈里发命马斯鲁尔将阿布·哈桑背至宫中。

马斯鲁尔把阿布·哈桑背到宫里，将他放在哈里发跟前，哈里命宫娥彩女、男女奴婢围在阿布·哈桑四周，小心伺候。直到这天晚上，阿布·哈桑才醒来，听到耳边歌声悠扬，又听见宫女们在歌唱，十分奇怪；睁眼一看，发现自己置身宫廷之中，阿布·哈桑把眼睛闭上，用力拿袖子擦眼睛，睁眼一瞧，周围依旧灯火辉煌，歌声入耳。

阿布·哈桑把自己的衣服脱光，跟宫女们开始跳舞。众奴仆把他的手捆起来，笑得几乎喘不过气来。而哈里发在隐蔽的地方笑得几乎要昏过去。

哈里发从帘子后走出来，对阿布·哈桑说道："阿布·哈桑呀，你简直把我笑死了！"

阿布·哈桑转过身，认出了他，才知道他是真的哈里发，从此哈里发让阿布·哈桑住在宫中。

从那以后，阿布·哈桑跟妻子努兹哈特整天在宫里饮酒作乐，逍遥自在，直到他们把哈里发赏赐的钱花得一分不剩。阿布·哈桑不得不对妻子说道："喂，努兹哈特！"

"有什么事吗？"

阿布·哈桑说道："我想骗一骗哈里发与皇后祖白依黛，并能从他们那里弄到200个金币与2匹丝绸。"

"怎么做呢？"

"我们的计谋是装死。我先装死，躺在地上。你将一块丝巾盖在我身上，再解下我的缠头，将我双脚捆牢，再在我胸口上插一把刀，放上少许盐粒，然后你跑到皇后祖白依黛面前哀哭。她会问你出了什么事。你就说，求皇后做主，阿布·哈桑死了。她会为我悲伤掉泪，然后命司库给你100第纳尔和1匹绢布，对你说：'快去料理后事，好好为他下葬。'待你拿到100第纳尔和1匹绢布后，就回到我这儿来。你回来后，我就起来，你又躺下装死。我跑到哈里发跟前去，撕破衣服，抓扯胡须，说努兹哈特死了。哈里发会为你悲伤，然后命令司库给我 100 第纳尔和 1 匹绢布，对我说：'好好去料理后事。'我拿到钱和丝绸就回到你这儿来。"

努兹哈特兴奋地道："相公，这确实是个好计谋。"然后阿布·哈桑便直挺挺地躺在地上，闭上眼睛，努兹哈特撕破自己的衣服，蓬头垢面，走到皇后祖白依黛面前，皇后见状，不禁问："你这是怎么了？"努兹哈特大声哭泣道："主人呀，我家的阿布·哈桑死了！"皇后听后，伤心地说："不幸的阿布·哈桑！"眼泪落了下来，命令财政大臣取出 100 第纳尔与 1 匹绢布，对她说："快去料理后事，好好为他下葬。"

努兹哈特带着这 100 第纳尔与 1 匹绢布高兴地赶紧回到家里。之后，阿布·哈桑边撕衣服和缠头，边扯胡须，号哭着跑到哈里发那儿去。哈里发问他："阿布·哈桑，到底发生了什么事？"

他说道："陛下，上天实在不公呀！"

国王说道："快讲出来，究竟发生了什么事？"

"陛下，我的努兹哈特死了！"他哭诉。

国王一听是努兹哈特死了，吃惊地叫喊道："我的天啊！"安慰阿布·哈桑，"人死不能复生，不要过于难过。我另外许配给你一个宫女好了。"随后，国王也派财政大臣取来 100 第纳尔与 1 匹绢布。

阿布·哈桑拿着钱与绢布，兴高采烈地赶回家里，对努兹哈特说："起来吧，我们的目的达到了！"

在马斯鲁尔的陪伴下，哈里发走到皇后祖白依黛那儿去悼念皇后的贴身侍女努兹哈特。刚进皇后的寝宫，就见皇后坐在那儿哭泣。实际上皇后正在等待哈里发的来临，以便劝说别为失去阿布·哈桑而过于难过。哈里发看到这种情形，说道："你的宫女努兹哈特实在不幸呀！"皇后也说道："陛下，我的努兹哈特好端端的，可你的酒友阿布·哈桑死了。"

哈里发不禁笑了笑，对马斯鲁尔说道："马斯鲁尔，女人就是头脑简单。你说说，阿布·哈桑刚才还跟我在一块儿吗?”

祖白依黛听后，气得脸发黑，强装笑颜，道：“少开玩笑好不好！难道死了一个阿布·哈桑还不够，你还想要我的侍女也死掉!”

哈里发说道：“努兹哈特真的死了。”

皇后说：“不是，不是，死的是阿布·哈桑。”

国王说：“我打赌是努兹哈特死。赌注是一座消闲宫和一座塑像宫，好吗?”

“说话算数!”接着两人坐下来等马斯鲁尔带回消息。

马斯鲁尔一路狂奔到阿布·哈桑家里。阿布·哈桑正舒舒服服地倚在阳台上；不经意间，看到马斯鲁尔向自己家跑来，匆忙对努兹哈特说道：“不好了，国王派人来打听情况了。两个人打起赌来，派马斯鲁尔来了解情况。现在最好你先躺下装死，好让哈里发相信我的话。”

努兹哈特赶忙躺在地上。阿布·哈桑给她盖上丝巾，坐在她身旁痛哭。

马斯鲁尔说道：“我以真主起誓，陛下，阿布·哈桑安然无恙，死的是努兹哈特。”

哈里发得意洋洋地对皇后说道：“你输掉了两座宫殿。”接着说。“马斯鲁尔，将你所见如实向皇后叙述一遍。”

马斯鲁尔如实将一切禀报给皇后。哈里发得意洋洋地哈哈大笑，说道：“再跟这个头脑简单的女人讲一遍。”

祖白依黛听到哈里发的讥笑，异常恼怒地说：“只有相信奴仆的人头脑才简单。”说完，拼命咒骂马斯鲁尔。哈里发在一旁哈哈大笑。马斯鲁尔气愤地对国王说：“这么看来，‘女人头发长，见识短’确实是一句真理。”

祖白依黛说道：“陛下，你别取笑我。这个奴才也敢和你一起戏弄我。我要亲自派一个人去看看究竟。”

国王也说道："那你也派一个人去吧。"然后，皇后喊来一个老嬷嬷，对她说道："快去到努兹哈特家，看看她家谁死了。速去速回报告我。"老嬷嬷也不敢耽搁，一路小跑，把哈里发和马斯鲁尔惹得哈哈大笑。

老嬷嬷急忙向努兹哈特家赶去。见老嬷嬷来了，努兹哈特伤心地道："您看看，我的命多苦呀！阿布·哈桑死了，将我一个人丢在这世上！"说完就开始捶胸顿足，哭声让人心碎。"老嬷嬷呀，他生前为人多好呀！"

她安慰了努兹哈特一番，就回宫汇报去了，将自己看到的情形告诉了皇后。

马斯鲁尔争论说："这老太婆在撒谎。我看到阿布·哈桑安然无恙，死的就是努兹哈特。"

老嬷嬷说道："你在说谎，你想在哈里发和皇后祖白依黛之间制造不和。"

马斯鲁尔叫喊道："瞎说，你这个骗子！皇后还相信你，她是个大笨蛋。"

祖白依黛喝住他说道："你这大胆的奴才！"皇后委屈地哭起来。

哈里发安慰她说："我说谎，我的仆人说谎，你在说谎，你的仆人同样在说谎，我们大家岂不都成了骗子？我有一个主意，不妨我们四个人都前去看看，究竟谁的话是真的。"

于是四人一块儿朝阿布·哈桑家走去。

阿布·哈桑远远地看到四人走来，对妻子努兹哈特说道："事情不妙，我们这回就是跳进黄河也洗不清了。我们俩只有全都躺在地上屏住呼吸装死了。"于是，两个人一块儿躺在地上，彼此绑住双脚，闭上眼睛，盖上丝巾，屏住呼吸装死。

哈里发、祖白依黛、马斯鲁尔和老嬷嬷来后，看到阿布·哈桑和努兹哈特两人全都直挺挺地躺在地上。哈里发无奈地坐在阿布·哈桑身旁，叹了口气自言自语地说："如果有谁能告诉我他们俩谁先死，我就赏他 1000

个金币。”

听到哈里发这句话，阿布·哈桑迅速从地上爬起来，说：“陛下，是我先死。赶快把你发了誓要赏赐的1000个金币给我。”

阿布·哈桑说道：“陛下。因为我花光了你赏赐给我的钱财，我又不好意思再开口向你讨要。现在你就把你发誓要赏赐的那1000个金币给我吧！”

哈里发和皇后祖白依黛都被逗得放声大笑，回到宫里后将1000个金币赏赐给阿布·哈桑，皇后祖白依黛又赏赐给努兹哈特1000个金币。从此，靠着哈里发的不断帮助，阿布·哈桑和妻子努兹哈特一直过着幸福欢乐的生活。

终身不笑者的故事

相传很久以前，有一个富人，他家财万贯，奴婢成群，过着荣华富贵的生活。但不幸的是，他临终前，只有一个尚未成年的独生子继承父业。儿子逐渐长大，依靠父亲的庞大的家业，他终日沉溺于花天酒地的享乐生活中。几年下来，他花光了父亲给他留下的全部财产，变得一无所有。到后来变得身无分文，缺衣少食。无奈之下，他只好加入到卖苦力打工者的行列。这样的日子过了一年。有一天，他坐在一堵墙下，正等着别人雇他做工。这时，一个衣冠楚楚、面容慈祥的老人走了过来，跟他打招呼。“我要雇你干点简单的活计。”

“可以。老伯，什么事？请您告诉我吧。”

“我那儿有 10 个老人，住在一栋房子里，可现在缺少一个照料他们的人。我管吃管住，除了付你工资，还会给你一些额外的报酬！”

老人的家是一幢坚固、宽敞高大的房屋，老人给他一个匣子，里面盛有 3000 金币，对他说：“孩子，你把这些钱作为我们和你的日常开销吧！你是诚实的，我们信得过你。”

“是。”他愉快地接受了老人的托付，并开始日日夜夜悉心地照料着这些老人。他精心安排他们的生活起居，但没过几天，一个老人便得病死了，以后的几年里，这些老人们相继死去，最后只剩下两人，一老一少，相依为命。又过了几年，这个老人也得了重病，生命垂危。青年惭愧地对他说：

“我的主人哟！我想请你告诉我你们一生都在痛哭、悲啼的原因。”

“孩子，你不要难为我！这些事你是不需要知道的。你要是不想陷入我们曾经陷入过的处境，你就不要打开那扇门!”他伸手指着一道房门，警告青年，“如果你要非得弄清这其中的原因，就去开那道门吧。门开了，你就明白了。”

之后，老人的病更加重了，不久便死去了。青年把他的尸体也葬在了后花园中，与他的同伴们相邻。他想起了老人临终遗言，他不由得离开那道房门。可是，这种心结一直困扰着他。他彷徨犹豫了 7 天，到第 8 天，他再也忍耐不住了，于是他把四把锁砸烂，将门打开，侧身进去。

门开后，出现了一条狭窄的通道，他径直走去，大约 3 个钟头后，他来到无边无际的大海边。大雕落在一个海岛上，把他扔在那里，又飞走了。他独自在孤岛上，无路可走。一天，他正坐在那儿发呆，忽见远处水面上一只小船的桅帆，待小船驶到岸边。他仔细一看，竟是一只用象牙和乌木精制的小艇，金属船身闪闪发光，配上檀木桨舵。船里坐着 10 个月儿般美丽的姑娘。她们登岸，吻了他的手后说：“你是女王的新郎哪!”接着一个婀娜多姿的女郎走近他，给他穿戴起来。后来，她们带他上船，起桨出发。

划了一阵，船行驶到一个岸边。他抬头一看，岸边无数兵马列阵，武装齐备，铠甲明灿。早已为他备好了 5 匹骏马。他牵过一匹骑上，其余 4 匹跟在他后面。只见一队队人从宫殿里涌到草坪上，围拢着他，接着一位国王骑着骏马，带领仆从来到他面前，他急忙下马，向国王致敬。国王说：“欢迎你的到来!”于是两人跨上坐骑，谈笑着来到王宫门前，手牵手地进入宫中。

国王让他坐在王位上，自己坐在他的身旁；取下头上的面纱，露出本来面目，原来她是一个春风满面、美丽可爱的巾帼英雄。女王对他说：“你可知道，我是这块土地上的女王。”女王亲切地跟青年谈话，安慰他，问道:“你愿意娶我为妻吗”

青年立刻起身，跪下去吻了地面，道:“陛下，我比你的仆人还穷。”

“这里的一切都归属于你，由你支配!”她说道，又指着一道锁着的房门道:“不过，这道房门不许你开，否则你会追悔莫及的。”

女王话音刚落，那宰相就进来了，她身后跟着法官和证人。新婚后，他和女王夫妻恩爱，过着快乐幸福甜蜜的生活，不知不觉已过了 7 个年头。

一天，他想起了那扇门，他毅然打开了房门，进去一看，原来里面关着从前把他抓到岛上的那只大雕。大雕一见他，赶上去一把抓住他，飞腾起来，在空中飞了约一个钟头，将他扔到原先攫起他的那个海岸上，便飞走了。

青年慢慢醒来，坐在海边，不禁失声痛哭，无可奈何下，他又回到7年前老人们居住的房屋，忽然明白了一切。老人们也有过和他同样的遭遇，这就是他们每天悲啼痛哭、忧伤不已的原因。

从此，他终日把自己关在屋子里，伤心地悲号啼哭，直至瞑目长逝。

懒汉克辽尼和铜城的故事

出赫鲁纳·拉德执掌哈里发权柄时，有一天，他在大殿中临朝。一个小太监突然捧着一顶镶满各式名贵宝石的纯金王冠来到殿前跪下，奏道："启禀陛下，祖白依黛王后向您请安，并说，您知道她为您做了这顶王冠。现在她还需一颗大宝石用来镶在王冠的顶上。她找遍了自己的库藏，却找不到一颗合适的。因此请陛下帮忙。"

听了王后的请求，国王哈里发急忙按照王后的要求，四处寻找，可翻遍了整个宝库，始终找不到合适的宝石。哈里发大为失望，闷闷不乐，自言自语道："连一颗让王后满意的宝石都没有，我怎么配做国王呢？怎么能称万王之王呢？"

侍从们领了圣旨，急忙向商人们去购买宝石，但商人们却说："要找到陛下需要的宝石，就去巴士拉的艾博·穆罕默德·克辽尼那看看吧。"哈里发听了，吩咐宰相张尔凡写信给巴士拉城执政官穆罕默德·苏贝德，命他把艾博·穆罕默德·克辽尼送到京城觐见国王。宰相照哈里发的旨意写了一封信，打发掌刑官马什伦前去送信。马什伦带着书信，快马加鞭赶到巴士拉，受到了热烈的欢迎和盛情的款待。他找到了执政官穆罕默德·苏贝德，呈上书信。马什伦和苏贝德的随从一起来到克辽尼家，敲门后，一个仆从应声开门。马什伦对他说："告诉你们主人，大国王哈里发召他觐见。"仆人进去报告。不久，克辽尼闻讯匆忙跑来。

他们辞别苏贝德，率领仆从，离开巴士拉，日夜兼程向京城进发。

到了巴格达，克辽尼在马什伦的陪同下，进宫谒见国王。哈里发叫来客入座。

克辽尼遵照哈里发的旨意，吩咐仆人抬上一只箱子，当众打开，取出几件珍贵的礼物，哈里发见了，越发惊喜。

“好吧，我看看你有什么特长。”

“遵命。”克辽尼鼓起嘴巴，先动了动双唇，然后，用手指了指宫墙上的雉堞，那雉堞竟向他倾斜过来，他举手一挥，雉堞又回到原地。接着，他眨眨眼，面前突然出现一幢宫殿。他开口说话，宫内的鸟儿便与他交谈。哈里发看后，十分惊奇，问：“你这种本领是从哪学来的？从前只知道你叫懒汉艾博·穆罕默德，却不知道你有如此惊人的绝技。听说你父亲只是一位在澡堂谋生的理发师，并没有给你留下什么，可你怎么会比我还富有呢？”

“先父去世时，不曾留下一点财产；因此，我家境贫寒，只得靠母亲给别人做佣人来养活我，而我仍只知道懒洋洋地躺着，什么也不肯干。

“有一天，母亲拿着5个银币，到床前对我说：‘儿啊，听说长者艾博·木朱尔要去中国经商。这儿有5个银币，你快起来，跟我去见他，求他帮忙用这5块钱买点中国货带回来。’她搀着我慢吞吞挪到海边老人的家中，向老人打招呼问：‘你老人家是艾博·木朱尔吗？’

“艾博·木朱尔和他的同伴一帆风顺地航行，很快到了中国，卖掉带去的货物，采购了一些土特产，然后办好各种手续，启程回国。在海洋中航行了三天后，艾博·木朱尔突然对同伴们说：‘快把船停下来。’‘你们知道，我把艾博·穆罕默德·克辽尼托我的事给忘了，我们必须返回去，替他买点让他有利可图的货物。’‘我们别走冤枉路了，大家凑一下，抽出比5个银币多几倍的钱给他好了。’艾博·木朱尔听了众人的建议，继续航行。大家慷慨解囊，为我捐献出一笔款。

“大家继续航行，不知不觉来到一座岛边，发现岛上人烟稠密，他们便登陆，收购了矿石、珍珠、海贝和其他的土特产。一个当地人牵着一群猴子，其中有一只毛发稀少的猴子正在受其他猴子的欺负。艾博·木朱尔看后，恻隐之心油然而生，对猴子的主人说：‘要不把这只猴子卖给我吧？’‘你要买，当然可以。’‘我身上有别人的5个银币，你愿意以5个银币的价钱，把猴子卖给这银币的主人吗？’‘卖给你了，愿真主因它而使你吉祥如意。’艾博·木朱尔付了钱，把猴子交给仆人。

路经一个小岛，他们又停船上岸。商人们一个个出钱雇用他们，让他们潜入海中，打捞珍珠。那只猴子看到有许多人潜水，自己解开脖上的绳索，跃入水中，潜到海底。过了一会儿那只猴子也钻出水面，回到了船上。它手中握着不少名贵的珍珠，窜到艾博·木朱尔面前，把珍珠抛在地上。艾博·木朱尔万分惊异，道：‘这只猴子真是不可思议，还很有用处呢。’众人扬帆起锚，继续航行，直到抵达一个名为祖努基的岛屿。岛上住着好吃人肉的野人。船刚到岸，就被野人团团围住。商人们全都被抓了，当天就让野人吃掉几个，其余的被紧缚着等死。他们感到恐惧，大家面面相觑，认为死定了。可是，到了夜里，那只猴子偷偷来到艾博·木朱尔面前，替他解了绳子。其余人见状，齐声道：‘艾博·木朱尔，请安拉借你的手来拯救我们吧。’‘请各位记住，是这只猴子以真主的意愿救了我，我决定给它1000个金币。’‘如果我们平安脱险，都愿意捐给它1000个金币。’那只通人性的猴子立刻过来，依次解开他们的绳索。恢复自由后，他们悄悄地逃到海滨，见船仍靠在岸边，丝毫未损，便急忙上船，迅速扬帆逃跑了。

“一路上商船顺利平安地回到巴士拉，商人们受到亲朋好友的热情迎接。艾博·木朱尔一上岸就问道：‘艾博·穆罕默德·克辽尼在哪？’我慢吞吞、懒洋洋地来到港口，走到艾博·木朱尔面前。他一见我便说：‘祝福你，我的孩子！凭安拉的意愿，你的钱不仅救了我，也救了这些商

人’他接着说，‘这只猴子，是我替你买来的。’

“他命仆人将钱箱搬来，并对我说：‘孩子，安拉赐福你了。这是你那5个银币赚来的。’他把钱装在箱中锁起来，把钥匙递给我，吩咐仆人抬上箱子，然后对我说：‘这些钱都是你的，你把它带回家吧！’

“我遵照艾博·木朱尔的吩咐，领仆人把钱带回家中。

“母亲见了欣喜万分。那只猴子一直跟着我，饮食起居都与我从不分离。不过它每天一大早都要出去，到正午才回来，每次总是带回一个足有1000个金币的钱袋，规规矩矩地放在我面前，然后陪我坐在铺中，看我做生意。这种情况持续了好长时间。我因此积聚了不少钱财，购置了房宅、田地，修了花园，买了不少奴仆。

“有一天，我与猴子一起坐在店里料理生意，忽见它东张西望，神态反常。让我莫名其妙。我暗想：‘发生了什么事了？’我正摸不着头脑时，猴子突然说起人话来：‘艾博·穆罕默德！’我听后顿时吓得魂飞魄散，不知所措。它接着对我说：‘你别害怕，我告诉你真实的情况请不必惊慌！我想让你娶一位像月亮一样美丽的姑娘为妻。’

“‘明天你要穿上最华丽的衣服，骑着配有金鞍银辔的骡子，在粮市中找到瑟律普的铺子，和他谈谈，告诉他，你是前去向他女儿求婚的。如果他说你太穷或嫌你地位不够，门第不高，你就送他1000个金币。如果他嫌少，就再给他一些，用金钱去打动他，让他答应你的要求。’

“第二天早晨，我穿上最考究的衣服，骑上备有金鞍的骡子，身后拥着10个仆人，去粮市找到了瑟律普的铺子。我见他坐在铺中，便下马问候，坐下和他谈起来。

“他问我：‘你到这儿来，有何贵干？’

“‘我前来向你女儿求婚。’

“‘你一没钱，二没有名望，门第又不高，怎配得上我女儿呢？’

“我从腰缠里掏出装有1000个金币的钱袋，双手捧着递给他。瑟律普

低头沉思了一会儿，然后抬起头来对我说：‘你如果真想跟我的女儿结婚，需3000个金币的聘礼。’

“我满口应允，随即派仆人前去家中取来金币，交付给他。

“钱一到手，他立即爬起来，吩咐家仆锁好店门，邀约几个朋友一起来到我家，在证人面前写下婚书，对我说：‘10天以后，让你们成亲。’我满心欢喜，得意洋洋地背着家人，悄悄地对猴子叙说求婚的经过。当时它夸赞说：‘我有一桩事请求你，如果你替我做了，我会听你任何的吩咐。’

“‘什么事？’

“‘在新娘的洞房前面有一间门上有个铜环的库房，库房的钥匙就在铜环下面。你转动钥匙，开门进去，里面放着一个铁箱，它的四角插着画有符咒的锦旗，箱中有盛满金钱的托盘，周围缠绕着11条小蛇，盘中还有只绑着脚的白冠大公鸡。旁边摆着一把刀子，你拿刀子宰掉雄鸡，划破旗帜，再掀翻铁箱。’

“‘好吧，我一定照办。’我不假思索就答应了。随即去瑟律普家，先找到了猴子告诉我的那间贮藏室，才和新娘见面。新娘身材姣好，容貌动人，美如天仙，可谓绝代佳人。我一见倾心，惊喜万分。

“到了半夜，我见新娘已进入梦乡，便悄悄起来，蹑手蹑脚地取下钥匙，开了贮藏室，宰了雄鸡，划破旗帜，掀翻铁箱，照猴子说的做了一切。不料此时，新娘惊醒过来，发现贮藏室门开着，公鸡被杀死了，惊叫道：‘完了！万能的安拉拯救我吧！我要落入妖魔之手了。’话音刚落，整个屋子就被一群妖怪围起来，在一片恐怖的喧嚣声中，新娘被劫走了。

“这时，我才恍然大悟，原来这只猴子就是抢走我的新娘的妖魔。我知道自己中计了，杀了大公鸡，破坏符咒，亲手替它清除了障碍，我都做了些什么呀。

“后来我离开家，来到荒郊野外，漫无目的地四处游荡。忽见有两条蛇正在格斗，一条白色的蛇左躲右闪，一条褐色的蛇步步紧逼，凶猛异常。我随手拾起一块石头，猛掷过去，恰巧把那条凶暴的褐蛇打死了，白蛇得以脱身。过了一会，那条白蛇又出现了，身后尾随着 10 条白蛇，它们围着褐蛇的尸体，一起噬咬，把褐蛇咬得支离破碎，只剩下一个脑袋，才得意洋洋地四散爬开。突然，远处有声音传来，我抬头一看，却不见人影。我不由自主道：‘歌吟的人呀，以真主的名义起誓，告诉我，你是谁?’我刚一说完，眼前突然出现一个人，他说道：‘你别害怕，我就是被你救了的那条白蛇的兄弟。为了报答你的恩情，我们会帮你杀死妖怪，找回你妻子的。’他说罢，大喊一声，如晴天霹雳，他的部下便应声出现。他问部下猴子的去向，其中有个回答说：‘我知道它在哪儿。’

“‘它在哪?’

“‘它在太阳照不着的铜城。’

“‘艾博·穆罕默德!’蛇神对我说，‘让我的一位部下背你走，并告诉你如何夺回你的新娘。’

“他的一个部下走到我面前，弓起身子，说：‘跨在我背上吧。’他背着我飞离大地，直上高空。突然出现一个怪人，他身穿绿袍，面孔发光，披头散发，手持火星四溅的利刃，来到我们面前，说道：‘艾博·穆罕默德，你快念诵信仰箴言吧，否则，我就用这把利刃杀死你。’我十分害怕，忘记了警告，应声念道：‘万物非主，惟有真主，穆罕默德是真主的使者。’蛇怪立刻化为灰烬，我也从空中跌下，落到波涛汹涌的大海中。刚好有只船，船上有 5 位水手。他们见我落入水中，急忙赶来搭救，将我拉到船上，并用我听不懂的语言与我说话。他们带我航行，捕上鱼，烤熟了给我吃。我和他们在海中航行了 30 多天，最后靠岸，他们带我进城并引我去见国王。

“‘这座城市叫胡诺都，属于中国。’国王让宰相带我游览城市。有一天，我来到一条河边，坐在岸上休息。忽然来了一位骑士，一见面就问我：‘你是艾博·穆罕默德·克辽尼?’

“‘不错，我就是克辽尼。’

“‘我是那条白蛇的兄弟。现在你离你的妻子呆的地方已不远了。’

“我依照指点，趟过流水，经过地下水道，果然进入城中。我见妻子正坐在一张用锦缎幔帐罩着的金床之上。

“我把与她离别后发生的一切都告诉了她。她听了后说：‘你要知道，这个该诅咒的妖魔，他十分爱我，并把所有的事都告诉我了。他说城中有一道符咒，可以用它毁掉整座铜城，也可以用它控制所有的魔鬼，那道符咒藏在一根柱子的顶上。’

“‘柱子在哪里？那符咒到底是什么样的?’

“她把柱子指给我看，说：‘符咒是鹰形的，上面写着咒语，具体我也不清楚。你快去把它取下来，扔进火炉，燃起麝香，等到青烟升起，便会出现一群魔鬼，它们会对你毕恭毕敬，并听你指挥。凭安拉的名义，你去试一试吧。’

“‘好，我这就去。’我走到柱前，照妻子的吩咐去做，果然有一群魔鬼出现在我面前，不一会工夫就找到那个妖魔，将它捆了起来，押到我的面前，说：‘我们把他绑来了。’我把这群魔鬼打发走后，回到妻子身旁。我带着她，顺着进城时走过的地下水道，走出城去，一直来到那个属于中国的城里，请国王送我们回家。国王命人带我们到港口，安排了帆船，我们顺利回到巴士拉。

“回到家中，妻子去探望她的父母。然后，我燃起麝香，烧了符咒，那群魔鬼立刻出现在我的面前，我命它们将铜城中的金银财宝全部搬到我在巴士拉的家中。它们不折不扣地执行了我的命令。不一会儿，他们把那只卑鄙奸诈的猴子押来，我指着它痛骂道：‘你这该死的妖怪！为什么欺骗我?’随即下令把它禁闭起来。于是魔鬼拿来一个铜质胆瓶，把它塞进去，拿锡封上瓶口，把它永远禁锢起来。

“从此以后，我和妻子安居乐业，幸福美满。”

国王哈里发为了感谢他所馈赠的厚礼，特赐给他一些御用之物，并在宫中以贵客相待。从此，艾博·穆罕默德·克辽尼移居巴格达城，在哈里发的庇护下，和妻子过着幸福美满的生活，长命百岁。

阿里巴巴和四十大盗的故事

从前在波斯国的一个城镇里住着两兄弟，哥哥叫高西睦，弟弟叫阿里巴巴。父亲去世后，兄弟二人各自分得了有限的一点财产，分家自立。

阿里巴巴娶了一个穷苦人家的女儿，夫妻俩在穷家破舍里落户。他每天到附近的林子里打了柴，分驮在仅有的三头驴子背上，进城叫卖，维持一家三口的生活。

一天，阿里巴巴照例在林中砍柴，远远望见空中卷起一股尘烟，原来是一支马队，正急速向这个方向冲来。阿里巴巴心里害怕，他只得把驮着柴禾的毛驴赶到丛林的小道里，自己慌忙中爬上一棵大树。这时候，那帮人马已来到树下，勒马停步，在大石头前站定。他们一共 40 人。阿里巴巴仔细打量，断定这是一伙拦路抢劫的强盗，显然是刚刚抢了满载货物的商队，来此分赃，或者将抢来之物隐藏起来。

匪徒们在树下拴好马，取下沉甸甸的鞍袋，里面显然装着金银珠宝。这时，一个首领模样的人背着沉重的鞍袋，来到那个大石头跟前，说道："芝麻，开门吧！"话音刚落，面前的大石上顿时出现一扇门。众人一个个鱼贯而入，头目殿后。等他进去门也关了。

阿里巴巴一直在树上躲着不敢动弹，唯恐被发现，落到他们手中，遭到杀害。最后，他下定决心偷一匹马并赶着毛驴悄悄地返回城去。就在他刚要下树的时候，大门突然开了，强盗头目率先走出洞来，他站在门前数完了从他面前走过的伙伴的数目，然后转过身去，对石壁喊道："芝麻，关门吧！”洞门便自动关了起来。

一番整理检查后，喽啰们各自走到自己的马前，扬长而去。阿里巴巴目送他们远去后，才从树上下来。此刻，好奇心驱使他试试自己来念是否也有奇效。于是他大声喊道：“芝麻，开门吧！”洞门立刻打开了。他小心翼翼地走了进去，看到那是一个有穹顶的大洞，洞中堆满财物，让人目瞪口呆。

阿里巴巴刚进门，石门马上自动关闭。他对洞中的财宝并不感兴趣，他迫切需要金钱。因此，他根据三头毛驴的驮载能力，尽可能多地搬运皮袋里的金币，捆在柴禾里面，扔上驴子运走。

想好了这一切，阿里巴巴才大声说道：“芝麻，开门吧！”随着声音，洞门打开了，阿里巴巴把收来的金币带出洞外，随即说道：“芝麻，关门吧！”洞门应声关闭。

阿里巴巴赶着毛驴很快返回城中。回到家里，把一袋袋金币全搬进屋里，整齐地排在老婆面前。他老婆见袋中装的全是金币，便以为阿里巴巴铤而走险去拦路抢劫了，开口便骂，责怪他见利忘义，做了坏事。

阿里巴巴申辩道，然后把山中的遭遇和这些金币的来历一一告诉了老婆。之后，他把金币倒了出来，全堆到她面前。

阿里巴巴的老婆就急急忙忙到高西睦家借量器。

“你稍等，我这就去给你拿。”高西睦的老婆答应了。

高西睦的老婆是个好奇心特别重的人，心里直嘀咕借去量什么谷子呢？于是她在升内斗的底部，刷上一点蜜蜡，这样她无论量什么，总会粘一些在蜜蜡上。

阿里巴巴的老婆接过升斗，当时也没发现什么。她拿着升斗急忙回到家中，立刻开始量起金币来。此时，阿里巴巴正在挖洞，待老婆量完金币，他的地洞也挖好了。于是，两人一起动手，把金币搬进地洞藏了起来，小心翼翼地盖上土。

升底的蜜蜡上粘着一枚金币，他们却一点也没有察觉。高西睦的老婆翻过升斗，看到一小枚金币粘在上面，她心想，阿里巴巴这样一个穷光蛋，怎么会用升斗去量金币呢？其中定有什么秘密。

直到太阳西下，高西睦归来。

高西睦的老婆就把用计设谋，发现秘密的经过详详细细说了一遍。然后把那枚铸有古帝王姓名、年号等标志的金币拿给他看。

高西睦得知此事后，整夜辗转难眠。第二天天刚亮，他就急忙起床，去找阿里巴巴，说："阿里巴巴，你一声不吭地装穷，私下里却用升斗量金子。"

阿里巴巴已经知道兄嫂两人早看出了破绽，心想：事情既然发展到这种地步，索性将它全盘托出得了。于是就把发现强盗们在山洞中收藏财宝的事，毫无保留地讲给了哥哥。

高西睦把一切细节都牢记在心。

次日一早，高西睦赶着10头驴子，运着10只大箱，向山林进发了。一切情景都正如阿里巴巴所述，他相信自己已经来到宝窖的门口，他站在门前念道："芝麻，开门吧！"

洞门缓缓打开了，高西睦刚走进山洞，洞门便自动关起来。对此，他完全没有在意，他的注意力早被堆积如山的珠宝钱财吸引住了。他立即动手，尽可能多地把一袋袋金子搬到门边，预备搬运出洞外，驮回家去。待一切准备妥当后，他来到那紧闭的洞门前。他竟忘记了那句开门的暗语，着急地喊道："大麦，开门吧！"但洞门却依然紧闭。

这天半夜，那帮强盗回石洞来了，强盗头带着喽啰们来到山洞前，下马后，说了那句暗语，洞门便应声而开。开门后，他抱着侥幸的心理，猛冲出去，期望死里逃生。但强盗们的刀剑把他挡了回来，几个大汉一拥上前，刀枪并举，一条老命就此葬送在刀剑下。

强盗们拥进山洞，把高西睦搬到洞口准备运走的一袋袋金币又搬回原处，但没有发现阿里巴巴拿走的那些。大家七手八脚地肢解了他的尸体，四散地挂在洞门内的左右两侧，以此作为警告。待一切完毕，他们走出洞，策马而去。

这天晚上，高西睦没有回家，他老婆还没见丈夫回来，跑到阿里巴巴家去询问："兄弟，你哥哥从早上出去，到现在也没回来？"

阿里巴巴也有不祥的预感，安慰着嫂嫂道："嫂嫂，大概高西睦害怕外人知道他的行踪，因而绕道回城。再等会，我估计他很快就会回来的。"

高西睦的老婆听了后，才稍感安心，回到了家中，耐心地等待丈夫归来。直到半夜，仍不见高西睦回来。她越想越怕。天刚破晓，又急急忙忙哭着赶到阿里巴巴家。

阿里巴巴先安慰了嫂子一番，这才赶着三匹毛驴，往山洞走去。一路来到石洞附近，既没见人，也不见驴子，却在门口发现了一摊血。他哥哥和 10 匹骡子却不见踪影。他不寒而栗，知道凶多吉少。他战战兢兢地来到洞口，说道："芝麻，开门吧！"洞门应声而开。他急忙跨进山洞，一进洞门就看见高西睦的尸首被分成几块，急忙进洞去找了点布帛把尸体包好，放进筐里，上面铺盖了一些柴禾，另两只筐里塞了几袋金币，也用柴禾盖妥，赶快赶着毛驴离开了。

回家后，他把两头运金币的毛驴赶进院子里，交给老婆，吩咐她藏好。关于高西睦遇害，他却只字未提；又急忙把驮有尸首的那匹毛驴牵往哥哥的家。高西睦的使女马尔基娜前来开门，让阿里巴巴把毛驴赶进庭院。

阿里巴巴进入院里，从驴背上卸下高西睦的尸首，然后对使女说："马尔基娜，赶快为你家老爷准备后事吧。现在我先去给嫂子报告噩耗，再回来帮你。"

阿里巴巴忙把一天来的情况直到看见高西睦的尸体详详细细跟她说

了一遍。

阿里巴巴因为哥哥的遇害感到伤心，难过地离开嫂嫂，回到女仆马尔基娜身边，吩咐她好好办事。

马尔基娜立刻来到一家药店，若无其事地问老板要一剂他配制的给垂危病人吃的药丸。

第二天，马尔基娜再次来到药店，她说："唉，这瓶药水只怕比昨天那服药好不了多少，这会儿怕是已经咽气了。"

阿里巴巴也做好了一切准备。他待在家中，耐心地等待高西睦家发出悲哀哭泣的声音，以便装出悲痛的样子去帮忙治丧。

第三天一大早，马尔基娜便戴上面纱，去找老裁缝巴巴·穆司塔发。她给了裁缝一枚金币，说道："你愿意用一块布蒙住眼睛，拿上你的针线，然后跟我去我家一趟吗?"

由于巴巴·穆司塔是个贪图小利的财迷，见到金币，立即答应下来，拿手巾蒙住自己的眼睛，让马尔基娜牵着他，一起朝高西睦家走去。等进了高西睦停尸的那间黑屋，马尔基娜才解掉蒙在巴巴·穆司塔发眼睛上的手巾，告诉他："你把这 4 块尸体缝合在一起，然后再按照死人的身材缝一套寿衣。等干完了我再给你 1 枚金币。"

巴巴·穆司塔发按照马尔基娜的要求，把尸首缝了起来，很快寿衣也做好了。马尔基娜满意地又给了他 1 枚金币，她又蒙上他的眼睛，把他送回了裁缝铺。

教长应邀随马尔基娜来到高西睦家，替死者进行一番祷告。

阿里巴巴和其他亲友跟在后面，一个个面露悲伤，低声哭泣。埋葬完毕，各自回到家中。

40 天的丧期很快就过去了，阿里巴巴拿出部分财产作聘礼，宣布和嫂子结婚。同时按照传统，高西睦的大儿子继承他父亲的遗产，把关闭的铺子重新开了起来。

话说这天，强盗们照例返回洞中，发现高西睦的尸体不翼而飞，而且洞中又少了许多金币。匪徒头目说："有人发现了我们的秘密。用一切办法探听哪家有人不明不白地死了，住在什么地方。捉拿想要找的人。"

没等伙伴推举，一个强盗霍地站起身来，说道："我同意这么办。"

这个匪徒精心化了装，当天夜里就溜进了城。第二天一大早，他见街上的铺子都关着，只有裁缝巴巴·穆斯塔发的铺子例外，他总是全城最早开始干活的。匪徒怀着好奇心向他问好，并问："真早啊，老裁缝！"

"我看你是外乡人吧。说给你听一件事：我在一个人家里把几块尸体缝在一起，那里比这还暗呢！"

匪徒掏出 1 枚金币，塞进裁缝的手里，说道："我是想知道，昨天你替谁家做活了？你能把那个地方告诉我，或者带我去一趟吗？"

裁缝接过金币，不好拒绝，说："我决不撒谎，他们蒙住了我的眼睛。"

匪徒又拿出 1 枚金币递给裁缝。

巴巴·穆司塔发把两枚金币装在衣袋里，离开铺子，带着匪徒来到马尔基娜给他蒙眼睛的地方，他走着走着，突然停下脚步，说："好像就是这儿了，我感觉上次那个姑娘就是带我来的这里。"

这时巴巴·穆司塔发和匪徒已经站在高西睦的住宅前，现在是阿里巴巴在当家。

匪徒找到高西睦的家后，用手里的粉笔在那家门上悄悄地做了个记号。

匪徒觉得从裁缝那里再打听不出什么来了，让他回去了，自己则急忙赶回山洞，报告情况。

裁缝和匪徒走后，马尔基娜有事从家里出去，回来时看到了强盗在门上做的记号，大吃一惊。于是她灵机一动，就用粉笔在所有邻居的大门上画了同样的记号。

听完消息后，匪首和其他匪徒便溜到城中，要报复盗窃财物的人。那个在阿里巴巴家大门上作过记号的匪徒，将匪首带到了阿里巴巴的家附近，说："头儿！我们要找的人，就住在这里。"

匪首先看了下房子，再四下看了看，发现每家的大门上都画着同样的记号。

带路的匪徒顿时茫然不知所措。

匪首沉思了一会，眼下计划已全盘落空，返回山洞后，匪首便拿那个带路的匪徒出气，将他痛打一顿。

强盗中又有一个站出来，承诺自己会比上一个干得好些。

匪首同意派他去完成任务。于是这个匪徒又找到裁缝铺里的巴巴·穆斯塔发，用金币买通裁缝，再次找到了阿里巴巴的家，在阿里巴巴家的门柱上，用红粉笔拣门上不被人注意的地方又做上了记号。他急忙返回山洞，向匪首报告邀功。

马尔基娜出房门时，她一双尖利的眼睛一下就看到了那个记号。于是她又像上一次那样，在一家家门上按同样的位置画上记号。

第二个匪徒很快完成了任务，但情况却与第一次一模一样。当匪徒们进城去报复时，发现附近每家住宅门柱上都有红色记号。匪首怒不可遏，十分气恼，又把第二个匪徒绑了起来。

匪首单枪匹马来到城中，又找到了裁缝巴巴·穆斯塔发。在他的帮助下，顺利地来到阿里巴巴的家门前。他把周围环境都熟记在心。然后立刻赶回山洞。一回去，匪首就对匪徒们说："我认清了那个宅子，现在你们马上给我买 19 匹骡子和一大皮袋菜，以及形状、体积一致的瓦瓮 38 个。再把这些瓮绑在驮子上，用 19 匹骡马驮着，每骡驮两瓮。我扮成卖油商人，趁天黑溜到他们家，求他容我住宿。然后，晚上我们一起动手，杀了他，抢回被盗的财物。"

他提出的方案博得了匪徒们的一致拥护。匪首扮成商人，赶着骡子，大摇大摆地运油进城，快天黑时赶到阿里巴巴的家门外。

阿里巴巴此时吃完晚饭，坐在门口。匪首趁机走近他，向他请安问好，说道："我远道贩运了这些油，准备明天上集市去卖。现在天色已晚，我又人地生疏，不知哪里可以借宿。如能在府上耽搁一个晚上，真是感激不尽。"

阿里巴巴同意了匪首的请求，立刻开门把他和一队驴子全都让进了庭院。

匪首卸下驮子，一一搬到柴房中，饮牲口喂饲料；当然，他本人也受到主人的殷勤招待。阿里巴巴告诉马尔基娜："你一定要好好招待客人。"

阿里巴巴说完后就去休息了。

马尔基娜按主人的吩咐，拿出一套干净的衣服，交给另一个男仆阿卜杜拉，以便主人沐后穿用。随后她开始给主人烧肉汤。正在这时手边的油灯灭了，一时又没油可添，阿卜杜拉见马尔基娜着急的样子，提醒道："不用着急，去院子里随便在哪个坛子里舀点儿就够用了。"

马尔基娜拿着油壶来到柴房，这时躲在瓮中的匪徒听到脚步声，以为是匪首来了，便轻声问："时间到了吗?"

马尔基娜突然听见瓦瓮中有人说话，不由得一惊退了一步，但她知道紧急关头必须保持冷静，绝不表现出丝毫激动的情绪，当即应道："还不到时候。"她来到第二个瓮前，仍然压低嗓音，把"现在还不到时候"这句话重说了一遍。她就这样一个挨一个地顺序从头说到尾。她回到柴房，拿了一个大桶，回院子里灌了满满一桶油，生起熊熊烈火，把油烧得沸滚。她端着沸油往一个个坛子里灌，把躲在里面的强盗全都烫死了。

马尔基娜勇敢机智、悄没声地干完了这件了不起的大事。她自己高兴地回到厨房，关起门来，继续给阿里巴巴热汤。

没过多久，匪首从梦中突然醒来，他打开窗户，只见院子里黑灯瞎火，万籁俱寂，便拍手发出了暗号，没有得到回应，他赶紧来到院子里，走到第一个油瓮前，立刻嗅到一股熏鼻的油气味，非常吃惊，伸手一摸，觉得烫手。怀揣惊吓，他一个一个挨着摸过去，发现全部油瓮的情况都一样。他不敢回到卧室，急忙逾墙跳到后花园，翻过几道围墙，一溜烟逃命去了。

阿里巴巴洗澡回来已是日上三竿时分，他见油瓮还原封不动地摆在柴房中，甚是好奇，便问前来开门的马尔基娜，为什么东西还原封不动地停放在院子里。

马尔基娜说："老爷啊，事情的经过，我会详细报告给老爷的。可是说话一定要小声些，千万别让左邻右舍听到什么风声，事关重大，一定要严守秘密！"

阿里巴巴果然把瓮依次打开看了一遍，发现每个瓮中都藏有一个全副武装的男人，但都已被沸油烫死。

马尔基娜把昨晚发生的事情，从煮肉汤、点灯找油起，到发现匪徒，用油烫死匪徒，以及假扮商人的匪首逃跑等等，一五一十地叙述了一遍。

阿里巴巴听了非常高兴，对她做了那么多的事，深为感动。

阿里巴巴按马尔基娜的指点，和男仆就在树底下挖下一条又深又长的沟，足以放进全部尸体。接着收好了坛子和武器。十几头驴子一时处理不了，便让仆人陆续牵往市场上卖掉。不过此时阿里巴巴并未因此安心，因为他知道匪首和两个匪徒还活着，并且一定会再来报仇。

却说匪首从阿里巴巴家狼狈地逃回山林，好不凄凉。他决心一个人再次进城，以经营为幌子暂且在城里住下，以便寻找机会杀掉阿里巴巴，然后再招兵买马，不断扩大队伍，继续过劫掠生活。

匪首打定主意后，倒身睡觉了。一觉醒来已是第二天清晨，一番乔装打扮后，他就进城在一家客栈住下。他在集市上租了间铺子，把洞里的上好衣料和贵重宝石驮到住地，摆在铺子里卖，并改名盖哈瓦吉·哈桑掩人耳目，装模作样做起生意来。

匪首铺子的对面，正是已故高西睦铺子的所在地，现在由他的儿子继续经营。高西睦的儿子年轻漂亮，为人和善，深得周围商人们的好感。盖哈瓦吉·哈桑尤其对高西睦的儿子格外亲热。

这天，阿里巴巴到铺子里去看望侄子，恰好被铺子对面的匪首看见，匪首一见阿里巴巴便认出他就是自己要找的人。于是，待阿里巴巴走后，匪首便向小伙子打听阿里巴巴："先前到你铺子中来的那位客人是谁呀？"

"他是我的叔父。"

得知这一消息后，匪首对阿里巴巴的侄子更加热情，给予很多帮助，表面上和蔼可亲，暗地里却正谋划着实施其诡计。

时间久了，阿里巴巴的侄子考虑到如果不回请一次，着实过意不去。但自己房子小，无法盛情接待，便去征求叔父的意见。他表示受了盖哈瓦吉·哈桑这么多的好处，再不回请他一次就不合礼尚往来的道理。

阿里巴巴对侄子说："明天是星期五，午饭后，你陪他走走，经过我家时请他进来坐坐。这比发正式邀请好得多。我吩咐马尔基娜准备晚饭。"

第二天，阿里巴巴的侄子按叔父的指示，邀约盖哈瓦吉·哈桑一起去公园玩。回去的时候，他告诉盖哈瓦吉·哈桑马路对面就是他父亲的家。

正在这时，男仆出来开门，阿里巴巴的侄子拉起他的手，把他请进了大门。主人阿里巴巴谦恭而礼貌地接待了盖哈瓦吉·哈桑，感谢他厚爱自己的侄子。

这样，他们宾主双方亲切地攀谈了一阵，好像多年未见的好朋友。

"近来我身体不舒服，正吃药呢！大夫嘱咐我，不能吃带盐的菜肴。"

"哦，就为这个呀，我吩咐她用无盐的菜肴招待你好了。"

马尔基娜正在准备饭菜，突然听到这个要求，提出了异议："这位要吃无盐菜肴的客人是谁啊？"

菜肴都做好了，马尔基娜协助男仆阿卜杜拉去摆桌椅，端出饭菜招待客人。走出厨房，当她第一眼看到盖哈瓦吉·哈桑时，立刻认出他的本来面目，虽然他经过乔装打扮变成外地商人的模样。

马尔基娜拿出一张白桌布铺在桌上，端上饭菜，趁主人陪客人吃喝之际，回到厨房，仔细考虑对付匪首的办法。

阿里巴巴和盖哈瓦吉·哈桑尽情地享受着美酒佳肴带来的快感。

马尔基娜没有去吃晚饭，她沉住气，暗中监视着匪首的举动，忠实可靠的马尔基娜脱掉做饭用的衣服，换了一身舞女的服装，之后，她吩咐阿卜杜拉："拿上你的手鼓，和平时一样，给主人和他侄子的客人去助兴吧。"

阿卜杜拉听从马尔基娜的安排，带上手鼓，跟她来到客厅。阿卜杜拉把手鼓一敲，马尔基娜便翩翩起舞。两个婢仆表演完一曲，便停下休息，养精蓄锐，继续表演。

在主人的鼓励和客人的赞赏下，婢仆二人兴致勃勃，越表演越来劲。阿卜杜拉敲着手鼓，马尔基娜翩翩起舞。盖哈瓦吉·哈桑眼看马尔基娜舞近时，便掏出钱包，预备给赏钱；这时马尔基娜眼明手快，鼓足勇气一剑直刺进对方心窝里，当场毙命。

阿里巴巴大吃一惊，吼道："你该死的贱货，你为什么毁了我，毁了我们一家?"

"你别着急，"马尔基娜理直气壮地说，"我的主人！我刺死这个家伙，是保护你，不是毁了你。请解开他的外衣，便一目了然了。"

阿里巴巴听了这番话，顿时明白马尔基娜又一次救了他的命。他紧紧把她抱在怀里，说道："为了表示对你的感谢，我愿为你主持婚事，把你配给我的侄子，让你做我的侄儿媳妇。"

阿里巴巴向马尔基娜表明心愿后，回头吩咐侄子道："马尔基娜是一个胆大心细、聪明机智、诚实可靠的人。娶马尔基娜为妻，就是娶了我家的救命恩人，也就是娶了你的救命恩人。"

阿里巴巴高兴地看到侄子接受他的建议，愿与美丽的马尔基娜结为夫妻。

阿里巴巴及其家人精心准备后，选择了吉日，为侄子和马尔基娜举行了盛大的结婚典礼。

阿里巴巴彻底根除了隐患，从此安心经营生意，过着富足的生活。

后来，阿里巴巴把山中宝库的秘密告诉了他的儿孙；子孙们都很珍惜他们的好运气。就这样，阿里巴巴及其子孙后代始终受人尊敬，一直过着富裕的生活。